산재일기

산재일기

이철 지음

아를

우리는 더 나아가야 한다

제페토, 《그 쇳물 쓰지 마라》 저자

연극 〈산재일기〉는 2021년 산재 피해 사상자 통계 수치를 보여주며 시작된다. 저렇게나 많다고? 좀처럼 실감 나지 않는 숫자다. 숫자 속에 산재 피해자들의 비명과 설움이 꾹꾹 눌러 담겨 있으리라 짐작하면서도 좀처럼 마음에 와닿지 않았다. 그러나 두 명의 배우가 영매처럼 산재 피해 증인들의 목소리를 전하기 시작하자 비로소 사람이 보이고 개별적인 비극이 보였다. 노동자를 동등하고 존엄한 인격체로 보기보다는 쓰고 버리는 소모품처럼 여기는 전근대적인 행태가 전태일 열사가 떠난 지 50년이 지난 지금도 크게 달라지지 않은 것이다.

연극은 30여 년 전에 일했던 가구 공장을 떠올리게 했다. 당시 나와 동료들은 안전사고를 그저 운 나쁜 일쯤으로 여겼다. 드릴 날에 손이 감겨 영구 장애를 입었을 때에도, 각목 파편이 날아와 팔뚝에 꽂혔을 때에도, 실수로 발사된 타카핀에 맞아 실명할 뻔했을 때에도 가슴을 쓸어내렸을 뿐 회사 측에 안전 조치를 요구하지 않았다. 일이란 원래 그런 것인 줄로만 알았으니까. 이따금 손가락 몇 마디가 없는 과장이 주의를 주는 게 안전 조치의 전부였다. 지금은 과연 안전하게 일할 수 있는 시대인가를 생각해보면 절로 고개를 가로젓게 된다.

얼마 전 언론은 대한민국이 마침내 선진국 반열에 올라섰노라며 앞다투어 떠들었지만, 그동안 얼마나 많은 노동자를 속된 말로 '갈아 넣었는지'에 대해서는 함구했다. 중대재해처벌법은 원안보다 후퇴했으며 그마저도 납득할 만한 처벌이 이루어지지 않고 있다. 오늘도 세 명의 노동자가 퇴근하지 못했다. 비보를 전해 들었을 그 가족의 창백한 얼굴을 떠올린다. 상을 치르고도 오랫동안 이들의 베갯잇은 젖어야 할 것이다.

연극 속 17인의 증언이 끝나갈 즈음이면 어느새 우리의 발목은 흥건한 서글픔에 잠기게 된다. 더 이상 방관자일 수 없게 된다. 〈산재일기〉는 너 나 할 것 없이 누구나 노동을 하는 '존엄한 생명'이며, 그러므로 우리의 일터는 안전해야 마땅하다는 외침이다. 이 책으로 그 외침이 1데시벨 더 높아지기를 기대한다. 우리는 더 나아가야 한다.

노동과 예술의 미시사적 성과

하종강, 성공회대학교 노동아카데미 주임교수

인터뷰할 때마다 거의 대부분의 기자들이 나에게 묻는 질문이 있다. 한 가지 일을 40년 세월 넘게 하고 있는 비결이 무엇이냐고…… 그 간단한 질문에는 다음과 같은 복잡한 궁금증이 담겨 있을 것이다. '1990년대 초반 소비에트가 하루아침에 해체되고, 동구의 현실 사회주의 국가들이 줄줄이 몰락하면서 자본주의가 '위대한 승리'를 거둔 것처럼 인식되고, 대한민국의 대통령 선거에서 "운동권의 90% 이상이 선택했다"는 '비판적 지지 노선'이 무참히 실패하고, 함께 운동하던 선배와 동료들이 어느덧 중년이 되어 뒤늦게라도 대학 졸업장을 받겠다고 복학하는 등, 아침에 눈을 뜰 때마다 곁에 있던 사람들과 노동 운동이 썰물처럼 빠져나가는 것을 보아야 했던 그 시기에 어떻게 당신은 현장을 떠나지 않을 수 있었는가……'

단언컨대 그 암흑과 같은 시기에 나를 구원한 사람들은 산업재해를 당한 노동자들이었다고 감히 말할 수 있다. '이 서류 뭉치를 붙들고 오늘 밤만 새면 몸을 다친 노동자와 그의 가족들이 따뜻한 밥을 먹을 수 있다'고 생각하면 그 밖의 다른 일들은 떠오르지 않았다. 상담소에 찾아온 노동자와 같이 밤새도록 이야기를 나누며 서류를 만들고 새벽녘에 퇴근하며 건물의 셔터를 내릴 때 "고맙다"고 말해주던 노동자들의 그 한마디가 나로 하여금 이 바닥을 떠나지 못하게 했다고 해도 지나친 말은 아닐 것이다.

〈산재일기〉를 관람했을 때도 깊은 감동을 받았지만, 그와 동시에 내가 공연에서 놓친 부분도 적지 않았다는 것을 희곡을 다시 읽으며 알게 되었다. 의자가 쓰러지는 장면은 산업재해를 당한 노동자가 쓰러지는 모습이고, 쓰러진 의자를 세우는 장면은 사고를 당한 노동자를 돕는 활동가의 모습이고, 의자들이 관객을 바라보며 나란히 놓이면 그것이 바로 노동 현장이 되는 것이었구나……. 막연히 느꼈던 것들이 비로소 명징하게 보였다. 희곡이 소설보다 더 감동적일 수 있다는 것도 새롭게 깨달았다.

방송에서 산업재해 문제를 이야기할 때 사무직이나 서비스직 종사자들에게는 '노동자'가 아니라 '직장인'이라는 단어를 의도적으로 사용할 때가 있다. 그들이 '산업재해'와

별로 관계가 없다고 잘못 생각하는 경향이 있기 때문이다. 그렇지 않다. "대한민국은 산재 왕국이다."라는 말처럼 산재는 당연히 화이트칼라에게도 적용된다. 〈산재일기〉를 만든 연극인들이 이처럼 세심한 노력을 기울였다는 것도 희곡을 읽고서야 알았다. '노동'이라는 주제가 블루칼라, 남성, 쇠와 땀, 팔뚝질 등으로 정형화될 것을 경계해 여성 배우를 기용하고, 단 2명의 배우가 17명의 역할을 연기하면서도 프롤로그부터 에필로그까지 조명의 암전 없이 전체 이야기가 하나로 연결되도록 했다는 것 등은 책을 읽지 않았다면 알지 못했을 것이다.

〈산재일기〉가 시작되며 나오는 숫자 2,080과 122,713은 물론 중요하다. 그러나 '1년 동안 2000여 명의 노동자가 죽고 10만 건 이상의 산업재해가 발생한다'는 엄청난 통계를 보고도 사람들은 별다른 충격을 받지 못하는 경우가 많다. 노동자가 사고를 당한 현장의 실태나 사랑하는 가족이 사망해 하늘이 무너져 내렸던 개개의 사연을 듣고 나서야 비로소 큰 충격을 받는다. 그렇게 소름 끼치도록 충격적인 일이 1년 동안 2000건 이상 벌어지는 것이다. 다른 나라 노동자들은 이렇게 많이 죽지 않는다. 통계 지표를 어떤 방식으로 잡더라도 한국 노동자들의 산업재해 사망률은 다른 나라들보다 몇 배나 높다. 오늘도 여섯 명의 노동자가 산업재해로 죽었고 집으로 돌아오지 못했다.

연극 〈산재일기〉는 "그들의 울음과 비명을 극화해서는 안 된다"는 원칙을 유념하면서 산업재해의 생생한 현장에 조심스럽게 다가선다. 피해자들의 증언뿐 아니라 가족과 활동가 등, 그 주변 사람들의 애환과 전문가들의 식견이 자연스럽게 녹아들어 관객과 호흡한다. 우리 사회에서 선한 의지로 자신의 일에 참여하는 사람들이 얼마나 세심하게 공을 들여 작품을 완성하는지 보여준다는 점에서 희곡 〈산재일기〉는 그 자체로 노동과 예술의 미시사적 성과다.

일러두기

- 이 책은 노회찬재단이 기획하고 극작가 겸 연출가 이철이 쓰고 연출한 연극 〈산재일기〉의 원작 희곡집이다. 〈산재일기〉는 2022년 고 노회찬 의원 4주기 추모 연극으로 전태일기념관에서 처음 무대에 올랐고, 2023년 서울문화재단의 후원으로 대학로 아르코예술극장에서 다시 무대에 올랐다.

- 이 작품에는 대사와 지문 외에 '자막' 요소가 추가되어 있다. 공연에서 자막은 무대 뒤편의 스크린에 투사된다. 이 책에서는 자막을 색깔 있는 글씨로 표시했다.

- 극중 인물의 소속과 직위 등은 2021년 인터뷰 당시의 정보이다. 8장에 제시된 원진레이온 관련 기사 이미지들은 당시 보도 지면을 재가공한 것이다.

- 국립국어원의 한글 맞춤법에 따르는 것을 원칙으로 했으나, 인터뷰이들의 말은 작가가 정리한 표현 그대로 실었다. 이는 버바팀 연극의 특징을 텍스트로서도 잘 살리기 위한 것이며, 동시에 산업재해와 직간접적으로 관련된 인물들 하나하나의 목소리가 사실적으로 전달되도록 하려는 작품 자체의 의도이기도 하다.

싸움은 계속된다

〈산재일기〉는 산업재해를 다룬 버바텀 연극이다. 버바텀 verbatim은 '말 그대로'란 뜻을 지니고 있는데, 이 연극 형식은 실제 인물의 인터뷰 내용을 장면 구성의 핵심 재료로 삼는다. 그 밖에 논문이나 통계 등 여러 자료에서 필요한 내용을 선별해 활용기도 한다.

〈산재일기〉는 산업재해와 직간접적으로 관련된 17명의 이야기를 바탕으로 구성되어 있다. 2021년 2월부터 9월까지 인터뷰 작업을 진행했고 2022년 4월까지 대본 작업을 거쳐 그해 7월 전태일기념관에서 초연을 올렸다. 이 과정은 노회찬재단의 기획으로부터 시작됐고, 노동건강연대 공동대표 전수경 활동가가 인터뷰 작업을 이끌어주었다.

아주 예전에 인천에 갔다가 한 조합원이 해준 얘기였는데, 저녁에 식사자리에서요. 그분이 오래전에 있었던 일을 말씀해주신 거예요. 그때만 해도 이런 일이 있었다, 하면서. 공단에 있는 작은 공장에서 노동자가 기계에 끼여서 죽은 거예요. 그런데 끼여 죽은 노동자의 어머니가 급히 시골에서 올라와서 사장한테 미안하다고 했다는 거예요. 우리 아들 때문에 이렇게 물의를 일으키고 여기 생산 시설이 멈추게 돼가지고 미안하다고. '옛날엔 그랬다, 노동자가 죽으면 가족들이…….' 그래도 지금은 많이 달라진 거라고, 지금은 많이 좋아진 거라고 했던 게 가끔씩 생각나요.

전수경 선생에게 들었던 이야기다. 작품을 쓰고 무대에 올리면서 그처럼 나도 이 이야기를 자주 떠올렸다. 이야기의 배경이 30~40년 전이라고 했으니 1980년대 혹은 1990년대의 일일 것이다. 문득문득 저 어머니가 생각났다. 불행또는 불운의 원인을 자신에게서 찾던 사람. 자식이 일하다겪은 사고마저 자기 탓으로 여기던 사람. 이 이야기는 그시절의 내 어머니를 말하는 것만 같았다.

산업재해의 원인을 사고 피해자의 부주의로 돌리던 세상에 균열이 가기 시작한 건 2000년대 초반이다. 2002년노동건강연대가 산업재해를 기업 범죄로 다루면서부터다.

노동건강연대는 이듬해 외국의 '기업살인법The Corporate Manslaughter and Corporate Homicide Act' 사례를 소개하면서 "산재 사망은 기업의 살인이다."라는 구호 아래 캠페인을 펼쳤다. '기업살인'. 나는 이 말을 전수경 선생을 인터뷰하며 처음 들었다. 이 말은 산업재해에 대한 내 이해를 송두리째 무너뜨렸다. 그전까지 나 또한 산재를 개인의 불행 또는 불운쯤으로 여겼던 것이다.

대기업 하청업체에서 일하는 노동자에게 크고 작은 사고가 집중되는 일. 이런 현상에 한국 사회가 눈을 뜬 건 2010년대부터의 일이다. 오래전부터 노동자가 일하다 죽는 일은 끊이지 않았지만 원청-하청이라는 구조 속에서 사고의 원인을 살피기 시작한 건 이 시기부터다. 2013년에는 '산업안전보건 범죄의 단속 및 가중처벌 등에 관한 법률안', '기업살인처벌법률안' 등이 발의되기도 했다. 2017년 고 노회찬 의원은 '중대재해기업처벌법'(이후 '중대재해처벌법'으로 명칭이 바뀌었다.)을 대표 발의했다. 이때의 일을 기억하는 한 분에게서 나는 기자 한 명 없던 기자회견장 풍경의 쓸쓸함을 들었다.

2021년 1월 중대재해처벌법이 제정됐다. 언론은 추락, 끼임 등 산업재해 사례를 소개하는 데 바빴다. 기업은 사고로 인한 책임의 정도를 판단하느라 분주했다. 중대재해처벌법 때문에 로펌에 일이 늘었다는 풍문이 돌았다. 민변(민주사회를 위한 변호사 모임) 회원인 손익찬 변호사로부터 제도와 법이 산업재해를 다루는 방식을 들었다. 그는 김용균재단의 김미숙 어머니를 만나볼 것을 권했다. 산재 사망 사고로 자식을 잃은 부모가 기업의 책임을 묻는 싸움에 나서는 건 극히 드문 일이라는 말을 덧붙였다.

인터뷰를 진행하는 동안 이기는 것이 불가능해 보이는 싸움에 나선 사람을 여럿 만났다. 녹취를 정리하며 그들 각자의 싸움과 그것이 쌓인 역사를 가늠해보곤 했다. 자식 잃은 일을 자기 탓으로 돌리는 어머니의 마음은 가슴 아프다. 책임을 묻는 싸움에 나선 어머니의 마음도 가슴 아프다. 산업재해라는 사건에 대응하는 여러 개인의 싸움은 보상과 처벌이라는 영역에서의 싸움으로 끝나지 않았다. 사고라는 돌이킬 수 없는 일을 평생 견디고 버텨내는 일로도 싸움은 계속된다. 사고 이후를 겪어내는 삶 말이다.

"송면이가 무슨 일을 했어요?"

1988년 열다섯 살 문송면 군의 일이다. 처음엔 몸살처럼 아팠다. 증상은 급격히 나빠졌다. 병원 몇 군데를 거쳤으나 원인을 찾지 못했다. 통증이 심해졌고 아이는 자신의 치아를 스스로 뽑아버릴 만큼 고통에 몸부림쳤다. 그때까지 아무도 아이에게 '무슨 일'을 했는지 묻지 않았다. 낮엔 공장에서 일하고 밤엔 학교에서 수업 듣던 아이들이 많던 시절이었다.

김은혜 원진직업병관리재단 이사는 이 질문을 아이에게 처음으로 던진 의사의 이름을 또박또박 발음했다. "박희준 선생님만 그 질문을 했어요. 그리고 특수건강진단을 한 거죠. 거기서 수은, 유기용제 중독이 나온 거예요." 아이는 온도계 압력기를 만드는 공장에서 일했다. 나는 한 의사가 던진 이 질문이 어떤 의미를 지니는지 잘 알지 못했다. 김은혜 선생이 박희준 선생의 이름을 강조해서 말할 땐 좀 의아하기도 했다. 노동건강권 운동의 역사를 힘주어 말하는 것이리라 짐작했다.

이 질문의 의미를 고민하게 된 건 2023년 아르코예술극장 소극장에서 〈산재일기〉의 재연을 올린 뒤 한 관객이 자신의 SNS 계정에 올린 감상을 통해서였다. 그는 "무슨 일을 했어요?"라는 연극 속의 질문을 인상 깊게 기억했다. 무대 위에서 문송면 군의 일은 다른 장면에 비해 무척이나 건조하고 간략하게 다뤄진다. 그럼에도 그가 이 질문을 콕 집어 기록한 것은 이 질문이 그에게 나름의 의미가 있었기 때문이리라. 그 또한 몸이 아픈 건 아닐까, 일터가 그의 몸을 병들게 한 게 아닐까. 그제야 이 질문이 지닌 무게를 조금

알 것 같았다. 사람이 아픈 건 그 사람의 불행과 불운 탓이 아닌 것이다. 최근에야 우리는 사람이 아픈 이유를 그가 하는 일과 관련해 살필 줄 알게 됐다.

무대를 접한 많은 관객이 자신의 감상을 여러 형태로 남겨주었다. 관객들은 17명 인물의 일을 그 인물들 각각이 겪은 고유한 이야기로 들어주었다. 사회적으로 가려진 이야기를 섬세하게 귀 기울여 듣는 많은 관객이 있음에 놀랐다. 무대를 찾아준 관객에게 감사드린다. 짧지 않은 시간을 들여 자신이 겪은 일을 들려준 여러 인터뷰이에게도 감사한 마음이 크다. 자신을 드러내는 것이 무척이나 어려운 일인 걸 알기에 더더욱 그렇다.

비록 인터뷰라는 형식이었지만 나는 그들의 이야기를 들으며 매번 내 삶을 돌아볼 수 있었다. 어떻게 살아가야 할지 깊게 고민할 힘까지 얻기도 했다. 내가 경험한 이런 시간을 연극적으로 재현하는 것. 이것이 무대를 준비하는 과정에서 가장 중요하게 여긴 연출 방향이었다. 이 희곡집이 그런 무대가 될 수 있을까. 독자들에게도 그들 17명의 인물을 만날 수 있는 시공간이 되길, 간절히 바랄 뿐이다.

2024년 봄

이 철

차례

추천사 · 4

작가의 말
싸움은 계속된다 · 11

작가 노트 · 19

산재일기 · 27

뒷이야기
노동자들이 크게 말하고 더 많이 말해야 한다 · 173
전수경 (노동건강연대 활동가)

해설
겹겹의 말, 겹겹의 만남 · 185
김소연 (연극평론가)

작가 노트

한 명의 죽음은 비극이지만, 백만 명의 죽음은 통계다.

— 에리히 마리아 레마르크

연극은 두 개의 숫자로부터 시작된다.

2,080 / 122,713

2021년도 산업재해 사망자 수와 재해자 수다. 통계는 한 사회에서 일어나는 수많은 비극을 간명하게 잡아낸다. 그러나 여기엔 사고를 겪어낸 사람들의 목소리가 지워져 있다. 그만큼의 절망과 아픔은 저마다 사연을 지닌 이야기로 존재할 테지만 우리는 그들이 겪어낸 사건을 듣지 못한다.

연극은 산업재해와 직간접적으로 연결된 인터뷰이 17명의 말과 목소리를 다룬다. 이들의 말이 쌓일수록 산업재해는 사회적 현상(통계)이라는 외피를 벗고 사람 한 명 한 명이 겪어낸 '사건'으로서 드러난다. 저마다 제 삶을 소중히 여기는 17명의 인물이 겪어낸 '이야기'로 말이다. 이 연극은 산업재해가 누군가의 몸으로 겪어낸 사건임과 동시에 우리 모두가 겪을 수 있는 사건임을 증언한다.

*

그들의 울음과 비명을 극화(劇化)해서는 안 된다는 걸 잘 안다.

그러지 않으면 그들의 울음과 비명이 아닌, 극화 자체가 더

중요해질 테니까. 삶 대신 문학이 그 자리를 차지해버릴 테니까.

— 스베틀라나 알렉시예비치,《전쟁은 여자의 얼굴을 하지 않았다》중

스크린(자막)

• 이 작품은 작가의 성장 이야기이기도 하다. 작가는 작품에서 인터뷰어로, 그리고 화자로 분화된다. 하지만 이들(작가, 인터뷰어, 화자)은 인물 주변에 위치해야 한다. 이들이 인물을 가려서는 안 되기 때문이다.

• 눈에 보이지 않고 텍스트(자막)로만 재현되는 작가의 존

재는 다음과 같은 가능성을 확보한다. 작가(인터뷰어)의 자리와 관객의 자리가 접속할 가능성. 관객은 작가의 독백과 질문을 텍스트로 읽는다. 그리고 재현된 인물의 존재를 눈앞에서 마주하며 그들의 말을 듣는다. 관객의 자리는 이렇게 인터뷰어의 자리가 된다. 관객의 자리가 인터뷰어의 자리로 재현되는 것이다.

의자

• 의자는 다양한 의미를 재현하는 도구다. 그 의미는 대략 다음과 같이 전개된다. 노동자가 다루는 자재와 설비(1장), 노동자가 일하는 현장(2장), 정치적 공간과 산재사고로 쓰러진 노동자(3장), 쓰러진 노동자의 동료, 함께 싸우던 활동가와 제도 밖에 놓인 하청 노동자(4장), 탈학교 청소년을 위한 학교와 청소년의 노동 현장(5장), 전문가와의 인터뷰 현장(6장), 독성 물질에 노출된 엄마의 자리와 아홉 살 유다인(7장), 병원 침대와 그곳에서 숨을 거둔 열다섯 살 문송면(8장), 우정을 쌓아간 기억의 공간과 평택항 그리고 위험하고 불안한 이곳 세계(9장), 사망사고가 발생한 현장(에필로그). 이처럼 모든 이야기는 배우가 의자와 맺는 관계 방식을 통해 무대화된다.

· 인터뷰이 17명을 포함 20명이 넘는 인물을 두 명의 배우가 감당한다. 배우는 인물의 핵심적 태도와 그들이 언급한 사건의 골격을 표현하는 데 집중한다. 배우가 그 인물이 돼서는 안 된다. 배우 자신과 대상 인물 간의 거리를 노련하게 확보하는 연기가 중요하다. 관객이 인물과 그들의 경험을 스스로 그려보게 만들어야 한다.

· 무대 도처에 널린 빈 공간 또한 관객으로 하여금 이야기가 다루는 사건을 적극적으로 상상하게 만드는 장치로 다뤄야 한다. 빈 공간을 가만히 놓아둬서는 안 된다. 이 또한 배우가 감당해야 할 역할이다.

· 여성 배우로 선택한 이유. 노동이라는 테마는 유형화된 이미지를 동반한다. 블루칼라, 남성, 붉은 머리띠와 감색 조끼, 쇠와 땀, 차벽과 팔뚝질 등등. 이런 모든 유형으로부터 거리를 확보해야 한다. 이와 같은 전형적 이미지가 개입되면 인물을 읽어내고 빈 공간을 스스로 채우는 관객의 상상력은 포박당한다.

• 프롤로그부터 에필로그까지 암전 없이 진행된다. 모든 장면은 꼬리에 꼬리를 물듯 이어진다. 내용적으로도 그렇게 맞물리도록 설계되었다. 예를 들어 1장(박용식, 강송구)에서 2장(전수경)으로의 이동은 박용식에서 전수경으로 전환한 배우가 박용식과 강송구를 가리키며 이뤄진다. "그러니까 사람 인생이 바뀌었다, 이걸 보여주고 싶은 거잖아요."라는 전수경의 첫 대사는 '사람 인생이 바뀐 것'을 이미 1장에서 보여준 뒤에 따라붙는 대사다. 그리고 이어지는 말은 다음과 같다. "제가 얘기한 손가락이 없는 그분들은 구로동에 계시는데 10년이 아니라 30년은 되셨죠, 사고 난 게." 이 대사 또한 박용식과 강송구를 가리킨다. 메타 연극 문법의 변형이라 말할 수도 있고, 브레히트의 이론에 기댄 방식이라 설명할 수도 있겠다.

• 1장부터 9장까지 모든 장면 사이의 전환은 지문에 간략하게 설명되어 있다. 예를 들어 3장에서 4장으로의 전환은 의자의 쓰임으로 이뤄진다. 3장 끝에서 배우가 다루는 의자는 화학물질을 뒤집어쓴 노동자가 된다. 배우가 의자를 천천히 쓰러뜨린다. 산재 피해 노동자가 천천히 쓰러지는 것이다. 이어서 4장에서 배우는 쓰러진 노동자(의자)를 일

으켜 세우며 이야기를 시작하는데, 이때 시작되는 대사는 하창민의 말이다. 산재사고를 당한 하청 노동자를 위해 고군분투한 하창민의 활동이 그러했다. 그의 활동은 쓰러진 노동자를 일으켜 세우는 일이었다.

의상

• 의상은 패셔너블해야 한다. 하지만 노동이라는 이미지와 완전히 결별해서는 안 된다. 점프슈트 스타일의 의상이 적당하다. 이런 스타일은 노동이라는 이미지를 미약하게 품고 있으면서도 그것을 패셔너블하게 보이게 한다.

음악

• 음악의 사용은 중요하다. 하지만 음악이 관객보다 먼저 장면을 해석해내거나 감정을 이끌어서는 안 된다. 음악의 쓰임은 관객의 독법과 상상력을 독려하는 데 있다. 일렉트로닉 중 서사를 추동하는 곡이나 미니멀리즘 음악이 적당하다. 단순한 비트를 반복하면서 그것을 서서히 변주시켜 전체 흐름을 구성하는 음악이 좋다.

조명

• 조명의 역할 또한 최소한으로 제한한다. 조명이 사건의

성격을 강조하거나 인물의 감정을 증폭시켜서는 안 된다. 상황이 지닌 분위기를 만들어내서도 안 된다. 공간을 분할하는 일에서도 최소한이라는 정도를 지켜야 한다. 조명이 집중해야 할 역할은 다음과 같다. '의자의 쓰임에 적극 개입하는 것.' 조명의 역할은 의자가 다양한 의미로 재현되는 과정에서 찾아야 한다.

배우

• 무대에 관하여 언급한 위의 가이드는 배우를 가장 잘 드러내려는 목적을 지닌다. 인물과 사건을 드러내는 제1주체는 배우다. 인물과 사건의 세부를 표현하는 제1주체 또한 배우다. 이런 목표를 수행하는 배우의 연기는 20여 명의 인물을 감당해야 하는 고난과 함께 작품의 뜨거운 중심이 된다. 뜨거움은 열정이다. 작품이 다루는 거의 모든 것을 감당해내는 두 배우의 열정은 작품이 담고 있는 인물들 개개인의 열정과 이어질 것이다. 배우의 열정과 인물의 열정은 이렇게 접속한다. 관객은 분명 이 열정의 정체와 진면목을 알아볼 것이다.

〈산재일기〉는 2022년 노회찬재단이 제작해 전태일기념관에서 초연됐다. 연출은 이철, 조연출은 김민희, 조명 디자인은 유혜연, 음향 디자인은 이재가 맡았다. 정혜지, 양정윤 두 배우가 출연했다.

2023년에는 서울문화재단이 후원하고 톰스나웃시어터컴퍼니가 제작해 아르코예술극장 소극장에서 재연됐다. 이때 공연에서 연출은 이철, 조연출은 김민주, 조명 디자인은 윤해인, 음향 디자인은 이재가 맡았다. 정혜지, 양정윤 두 배우가 출연했다.

산재일기

The Report about Death by Your Side

INTERVIEWEE

박용식 (67년생)

구로동 산재자활공동체

강송구 (64년생)

구로동 산재자활공동체

전수경 (71년생)

노동건강연대 활동가

하창민 (72년생)

전 현대중공업
사내하청지회 울산지부장

박혜영 (82년생)

전 노동건강연대
활동가

이준석 (72년생)

한국발전기술
태안지회 지회장

이정현 (77년생)

일하는학교
사무국장

손익찬 (87년생)

민주사회를 위한 변호사
모임 노동자건강권 팀장

황정희 (83년생)

유다인의 엄마,
2002년 삼성전자
반도체 생산직 부문 입사

유다인 (2013년생)

초등학생

하영광 (96년생)

하창민의 첫째 아들

하영준 (98년생)

하창민의 둘째 아들

임상혁 (65년생)

녹색병원 원장

문근면 (68년생)

문송면의 형

김은혜 (51년생)

원진직업병관리재단 이사

김벼리 (98년생)

휴학 중
시민단체 인턴 근무

이용탁 (99년생)

3사관학교 퇴교 후
공군 부사관 임관시험 준비

〈산재일기〉는 17명 인물의 인터뷰를 바탕으로 구성한 희곡이다. 이들 외에 국회 산재청문회(2021. 2. 22.) 당시 정치인들의 목소리와 작가이자 화자인 인물의 목소리도 등장한다. 이들의 목소리를 두 명의 배우가 역할을 전환해가며 연기한다. 배우가 인물로 전환하는 순간은 이 작품이 중요하게 다루는 연극적 순간이다.

무대 정면에 스크린(왼쪽 페이지).

인터뷰이 17명의 이름과 소속이 적혀 있다.

스크린 앞으로 의자 여러 개가 가로로, 또 세로로 서로 엉키듯 놓여 있다.

스크린에서 인터뷰이들의 이름이 사라지고 무대 어두워지면, 자막.

2021년 2월 4일 (목)

노회찬재단으로부터 전화가 왔다.

"산재 프로젝트 어때요?"

산업재해 문제를 연극으로 다뤄보자는 제안이었다.

프롤로그

소리.

자막 사라진다.

소리가 공간을 가득 메울 만큼 커지다 뚝 끊기면 다시 자막.

2,080 / 122,713

무대 밝아지면 두 배우가 관객을 등지고 의자에 앉아 자막을 보고 있다.

긴 사이.

한 명씩 관객을 향한다.

화자1   짐작하신 대로입니다. 2021년 산업재해 사망자 수와 재해자 수입니다.

화자2   이 연극은 스무 차례 인터뷰에서 만난 열일곱 명

의 말을 바탕으로 이루어집니다.

화자1   자기 삶을 말하는 50여 시간 분량의 목소리.

화자2   2,080과 122,713. 이런 통계로는 짐작조차 할 수

없던 목소리였습니다.

장 제목, 스크린에 뜬다.

화자의 말은 자막과 상관없이 이어진다.

#1 산재노협

화자1   구로동 산재자활공동체 박용식 선생입니다.

1장

산재노협

박용식, 강송구 (구로동 산재자활공동체)

배우, 의자를 들고 무대 한쪽 구석으로 자리를 옮긴다.

자리를 잡고 의자에 앉으면 배우, 박용식으로 전환.

다른 배우는 그를 지켜본다.

박용식의 말이 시작된 후 자막.

박용식   공장장하고 트러블이 생겨가지고,

박용식   지는 선반인데 여기 밀링에 와서 뭘 자꾸 시키

           잖아. '그럼 니가 해, 니가 대빵이니까 니가 해.'

           그만두고 나와버렸죠. 어디서 얘길 들었는지 안

산 쪽에서 부르더라고. '잘됐다, 밀링 비어 있으
니까 와서 공구 좀 만들어라.'

박용식, 잠시 정지.
동시에 자막.

박용식 선생은 긴소매 셔츠 차림이었다.
오른쪽 소매 끝단.
삐져나온 손목에 근육 한 점이 없었다.

박용식   그래서 한번 가보자 하고 갔더니, 너무 멀어, 집
에서. 사장님이 '그래도 같이 하자', 나는 '좀 생
각해보고요.' 근데 이쪽 사장님이 다시 부르셨
어요. '마음 풀고 좀 같이 하자'고. 사장님이 착
했어요. '그래요?' '죽겠다. 반 이상이 불량이야.'
그래서 다시 돌아갔어요. 공장장이 내 것 터치
안 하는 조건으로. 15일? 15일 정도 해야 할 거
같더라고요, 밀린 물건들이. 그래서 그걸 15일에
쳐낼라고……. 다른 사람들은 잔업 잘 안 하거든
요. '그래 15일만 잔업하자.' 그래서 15일에 거의
다 끝났어, 끝났는데…….

사고를 예견하는 불안한 소리, 짧게.

박용식, 소리에 반응하듯 불안한 시선.

동시에 자막.

1993년도.

사고는 스물일곱 살 때 일이었다.

배우, 의자에서 천천히 일어나 관객과의 거리를 서서히 좁힌다.

박용식   이상하게 그날 비가 와가지고 일찍 들어가려고
딱 있는데, (앉아 있던 의자를 들어 관객에게 길이를
보여주며) 이제 이만큼 긴 게 있어요, 그거 열 개
만 얼른 만들어줄 수 없냐고 사장님이 부탁을
하는 거예요. '나 퇴근하는데요? 알았어요.' 원래
그거 하나 뽑는 데 한 30분에서 1시간 걸리는 걸
저는 10분 만에 뽑아내거든요. 근데 이게 기니까
움직여요. 그래서 본의 아니게 손으로 받치게 됐
어요. 근데 이게 또 날카로우니까, 쇠로 이렇게
깎으면 되게 날카롭잖아요. 여기에 장갑이 빨려
들어 가면서 (한쪽 손을 들어 보이며) 이게 들어간

34

거예요. 근데 그걸 누가 껐는지 아세요? 기계를?
제가 껐어요. 발로. (손목의 한 지점을 가리키며) 여
기에서 뚝 떨어져서 (가상의 밀링기를 가리키며) 여
기서 돌고 있더라고. 이걸 보면서 아이고, 그러
려니 하고 말았어요.

박용식, 배우로 전환하고 무대 한쪽으로 이동.
뒤이어 자막.

강송구(64년생) / 구로동 산재자활공동체

지켜보던 배우, 강송구로 분한다.

강송구   이제 누나, 형들은 서울서 직장 생활하고, '너도
시골에 있으면 안 된다.' 아버지가 서울 가야 한
다고. 그런데 나는 서울 가서 할 일이 하나도 없
잖아요. 몸도 장애고.

강송구 선생은 소아마비를 앓았다.
그는 이미 몸이 불편했다.

강송구   (의자를 들고 무대 중앙으로 이동하며) 그래도 서울 가야 한다고. 그래서 아버지가 매형한테 '서울 가서 뭐 할 게 있나 알아봐라.' 그래갖고 이제 가게를 알아보는데, 그때 오락실, 오락실. 매형 친구가 하던 거였는데 딴 사람한테 넘긴다고. 오락실은 동전만 바꿔주면 되니까. '야 이거 한번 해보면 좋겠다', 그래서 한 일주일 정도 가서 봤지. 손님이 얼마나 드나 봤어요. 꾸준히 있어. 걱정 말라고 그러더라고. 근데 우리가 딱 계약하고 들어가니까……. (웃음이 나온다.) 손님이 하나도 없어. 가게 넘길라고 손님들을 막 끌어왔나 봐, 하나도 없어.

잠시 정지.

사고는 1995년,
어쩌면 1996년의 일이다.

강송구   거기는 사장님하고 공장장하고 둘이 있었어. 한번 해보자 그러더라고요. 기계는 다섯 대가 있었어. 자동으로 하는 게 세 대, 수동인 게 두 대. 그날 하루 일하고 이튿날 나가서 일하는데 공장장이 '바쁘다, 어디 갔다 올 테니까 혼자 봐라.' 그래갖고 공장장이 나가고 나 혼자서 그 다섯 대다 보다가 한 30분 만에……. (사이) 그날 업체에서 왔었어, 뽑아낸 물건 가져갈라고. '여기 사무실에서 기다리세요.' 난 맘이 바쁘지, 업체서 와서 기다리니까. 자동은 물건이 자동으로 떨어져. 근데 수동 두 대는 수동으로 열었다 닫았다 하면서 제품을 뽑아내요. 여기 수동을 잡고 있는데 저기 자동으로 하는 걸 보니까 물건이 안 떨어지고 물고 들어가더라고. 떨어져야 하는데 안 떨어지고. 그래서 뒷문 열고 빼낼라고 딱 손을 댔는데…….

부천에 있는 작은 공장.
자동차에 들어가는 플라스틱 부품을 만들던 곳.
프레스기로 재료를 찍어 눌러 제품을 뽑아냈다.
사출 공장이라 했다.

강송구, 앉아 있던 의자에 한 손을 올린다.
머리 위에서 프레스가 천천히 내려오는 듯 눈으로 좇는다.

시선, 손에 닿는다.

강송구　　　그대로 그냥 기계가 와버려서 손을 넣고 눌러
　　　　　　닫아버렸어. 뒷문에 걸려서 스위치도 없고 빼
　　　　　　도 못하고 이쪽 손 안 되지, 아프고, 사장도 없
　　　　　　고. 그래서 아저씨, 아저씨, 그러니까 제품 가지
　　　　　　러 온 아저씨가 들고 나와갖고 손 빼고. 아저씨
　　　　　　가 공장장이 입는 옷 막 찢어갖고 딸딸 감아갖
　　　　　　고 날 병원으로 데리고 갔어. 사장이 왔는데 어
　　　　　　쩔 줄 모르더라고.

다음 장 제목, 자막.

　　　　#2 현장

강송구, 배우로 전환 후 자리로 이동한다.

38

2장

현장

전수경(노동건강연대 활동가)

앞서 강송구를 지켜보던 배우, 전수경으로 분한다.

전수경   그러니까 사람 인생이 바뀌었다, 이걸 보여주고
              싶은 거잖아요.

전수경(71년생) / 노동건강연대 활동가

전수경   제가 얘기한 손가락이 없다는 그분들은 구로동
              에 계시는데 10년이 아니라 30년은 되셨죠, 사
              고 난 게. 산재노협이라고 있었어요. 그리고 거
              기서 만든 자활 공동체라고 있는데 지금은 거의
              간판만. 몇 분만 남아 계세요. 그러니까 운동이,

노동자들이 다 떠났어요.

산재는 사람이 겪는 일이다.
삶의 방향을 뒤트는 결정적 사건이다.
나는 누굴 만나야 할까. 그리고 무엇을 물어야 할까.

전수경   이야기를 수집하다 보면 이건 버리고 이건 가운데로 와야 하고. 추려지는 게 있잖아요. 먼저 구성을 하고 어울리는 인터뷰이를 찾는 게 교과서 적일지는 모르겠지만, 닥치는 대로 만나서 현장 이야기를 수집하다 보면 뭐가 나오지 않겠어요? 그게 근로감독관일 수도 있고 의사나 기자일 수도 있고. 산재 노동자나 유족일 수도 있고요.

산재를 둘러싼 여러 행위 주체 :
노동자, 노동조합, 기업, 고용노동부,
산업안전보건연구원, 근로복지공단, 국회,
시민단체, 대학, 연구기관, 언론,
보험시장, 의료시장, 법률시장……
아는 게 없으니 논문을 찾아 읽는다.
《한국 노동안전보건운동단체들의 전문성의 정치》*

화자   《한국 노동안전보건운동단체들의 전문성의 정
      치》. 이 논문에는 1980년대 산업재해의 풍경을
      보여주는 일화가 실려 있습니다. 가리봉동 인근
      에서 의원을 운영했던 한 의사의 이야기입니다.
      '맥을 짚기 위해 환자에게 손을 내달라고 하면
      하루 평균 서너 명의 환자가 손가락이 잘린 손
      을 보이기 싫어 선뜻 손을 내밀지 못했다.'
      이 의사는 자신이 만난 환자 중 대략 30%가 산
      재를 겪은 노동자였다고 회고했습니다. 이런 얘
      기도 실려 있습니다. '작은 공장들이 밀집해 있
      던 독산동과 문래동에서는 일 년에 잘려 나오는
      손가락이 한 가마니에 달한다는 이야기가 나돌
      정도였다.'

전수경   산재는 노동조합이 없는 노동자들, 주류에서 벗
      어난 주변부 노동자들, 여기서 주로 발생하는
      문제예요. 산재는 불평등 문제예요. 목소리를 내
      려면 제도 안으로 들어가야 하는데, 이건 주류
      노동자만 할 수 있어요. 노동조합이 있거나 직
      장 건강검진을 받을 수 있는 사람들.

• 김지원, 경희대학교 사회학과 박사학위 논문, 2018.

화자　　14.2%. 전국 노동조합 조직률입니다. 하지만 자세히 살펴보면,

민간부문	공공부문	공무원
11.2%	70.0%	75.3%

화자　　민간부문은 11.2%일 뿐입니다. 반면 공공부문은 70.0%, 공무원은 75.3%라는 조직률을 보입니다.

전수경　1년에 산재사고를 당한 노동자 수가 노동부 통계로는 10만 명이라고 나와요. 그건 산재 신청을 할 수 있어서 신청하고 인정받은 사람만 10만 명이라는 거죠. 실제로는 100만에서 150만일 거라고 얘기해요. 100만에서 150만.

화자　　'6411번 버스라고 있습니다. 서울시 구로구 가로수 공원에서 출발해서 강남을 거쳐서 개포동 주공 2단지까지 대략 두 시간 정도 걸리는 노선버스입니다. 내일 아침에도 이 버스는 새벽 4시 정각에 출발합니다.' 2012년 고 노회찬 의원의 진보정의당 당대표 수락 연설입니다. 연설은 이렇

게 이어집니다. '새벽 4시에 출발하는 그 버스와 4시 5분경에 출발하는 그 두 번째 버스는 출발한 지 15분 만에 신도림과 구로시장을 거칠 때쯤이면 좌석은 만석이 되고 버스 사이 그 복도 길까지 사람들이 한 명 한 명 바닥에 다 앉는 진풍경이 매일 벌어집니다.' 이 연설은 정치가 향할 곳, 진보 운동이 향할 곳을 말합니다. 세상에 존재하지만 세상에 보이지 않아온 노동자 말입니다. 전수경 선생의 말은 2012년 고 노회찬 의원의 말과 이어져 있었습니다.

자막, 고 노회찬 의원의 연설문.
빠르게 흘러간다.
전수경은 자막을 개의치 않고 말을 이어간다.
귀로 들리는 전수경의 말과 눈으로 보이는 고 노회찬 의원의 연설문이 동시에 전개되는 것이다.

이분들은 태어날 때부터 이름이 있었지만,
그 이름으로 불리지 않습니다. 그냥
아주 머니입니다. 그냥 청소하는 미화원일 뿐입니다.
한 달에 85만 원 받는 이분들이야말로

투명인간입니다. 존재하되, 그 존재를

우리가 느끼지 못하고 함께 살아가는 분들입니다.

지금 현대자동차, 그 고압선 철탑 위에 올라가 있는

비정규직 노동자들도 마찬가지입니다.

스물세 명씩 죽어나간 쌍용자동차 노동자들도

마찬가지입니다. 저 용산에서, 지금은 몇 년째

허허벌판으로 방치되고 있는 저 남일당 그

건물에서 사라져간 그 다섯 분도 역시 마찬가지

투명인간입니다.

저는 스스로에게 묻습니다. 이들은 아홉 시

뉴스도 보지 못하고 일찍 잠자리에 들어야 하는

분들입니다. 그래서 이분들이 유시민을 모르고,

심상정을 모르고, 이 노회찬을 모를 수도 있습니다.

그러나 그렇다고 해서 이분들의 삶이

고단하지 않았던 순간이 있었겠습니까.

이분들이 그 어려움 속에서 우리 같은 사람을

찾을 때 우리는 어디에 있었습니까.

그들 눈앞에 있었습니까.

그들의 손이 닿는 곳에 있었습니까.

그들의 소리가 들리는 곳에 과연 있었습니까.

– 고 노회찬 의원, 2012년 진보정의당 당대표 수락 연설 중

전수경 일하는 사람들이 있어요. 사무직이든 생산직이
든, 배달 라이더든 물류센터 일용직이든, 일하는
수많은 사람들이 있어요.

전수경, 말을 이어가면서 자신이 언급한 이들의 자리인 양
의자 세 개를 무대 중앙으로 하나씩 옮겨놓는다.
의자들은 관객을 마주하고 있다.
전수경이 옮겨진 의자들과 관계를 맺는 움직임을 쌓아가자
의자들은 '현장'이 된다.

전수경 그리고 이 사람들을 연료 삼아서 자기 밥줄을
이어가는 사람들도 있어요. 저는 전문가도 그렇
고 정치인도 그렇고 공무원도 그렇고 (앞서 가지
런히 옮겨놓은 의자들을 가리키며) 일하는 사람들로
부터 나오는 얘기를 연료 삼아서 먹고산다고 생
각해요. 정치가 뭐라고 하든 정책이 어떻게 방향
을 틀든 노동자들은 현장에서 자기 일을 해요.
바깥에선 이런저런 전문가들끼리 서로 쟁투를
벌이고, 담론 싸움을 하고. 한번은 이런 프레임
을 씌웠다가, 또 한번은 저런 프레임을 씌웠다가
하지만 현장은 늘 돌아가잖아요. 갈수록 주변만

비대해지는 것 같아요. 관료 조직, 전문가 조직,
컨설턴트 조직만. 현장과 상관없이 말예요.

음악과 함께 다음 장 제목, 자막.

#3 행위자

배우, 중앙에 놓인 의자들을 지켜본다.
서서히 주변을 걷는다.
앉아 있던 배우, 지켜보다가 동참한다.
움직임은 점점 빨라진다.
두 배우, 의자를 에워싸고 달리기 시작한다.

3장

행위자

국회 산재청문회

키보드 타이핑 소리와 함께 자막.

타이핑되듯 한 글자씩 빠르게 나열.

제384회 국회(임시회) 환경노동위원회회의록 제4호

일시: 2021년 2월 22일 (월)

장소: 환경노동위원회회의실

의사일정: 1. 산업재해 관련 청문회

상정된 안건: 1. 산업재해 관련 청문회

(…)

계속 달리던 배우, 마이크 스탠드를 가져와 무대 중앙에 쾅 내려놓는다.

동시에 음악 아웃. 그리고 자막 전환.

노웅래 / 더불어민주당, 환경노동위원회 위원

노웅래   자료 요구 하나 하겠습니다. 포스코의 위험성 평
         가 자료, 3년 내내 오탈자까지 똑같이 해서 그냥
         베껴 제출한 거라 이 자료를 요청했는데 관리감
         독하는 노동부나 당사자인 포스코가 자료를 제
         출하지 않고 있습니다.

노웅래, 자막과 동시에 김웅으로 전환.

김웅 / 국민의힘, 환경노동위원회 위원

김웅   포스코 대표이사이신 최정우 증인 나와주십시오.

무대 외곽에 서 있던 배우, 마이크 쪽으로 이동.
김웅은 뒤쪽 의자로 자리를 옮긴다.

김웅   회장님, 허리는 좀 괜찮으십니까?

걸어 나오던 배우, 허리를 부여잡으며 최정우로 전환.

김웅　　　보니까 요추부 염좌상 이렇게 진단서 제출하셨
　　　　　던데요.

최정우 / 포스코 대표이사

최정우　　예, 제가 평소에 디스크를 앓고 있는데 가끔씩
　　　　　무리하면 오래 앉아 있기 힘들 때가 있습니다. 지
　　　　　금은 괜찮습니다.

김웅　　　많이 불편하시죠? 그런데 말이죠, 컨베이어벨트
　　　　　에서 롤러에 압착돼서 죽고 그러면 얼마나 괴롭
　　　　　고 고통스럽겠습니까, 그렇지요?

철광석을 옮기는 컨베이어.
사고는 롤러 교체 작업 중 일어났다.
향년 35세.
하청업체 직원이었다.

최정우　　아까 말씀드렸듯이 다시 한번 최근 연이은 사고
　　　　　에 대해서 국민 여러분께 심려를 끼쳐드린 데 대

49

해서 대단히 죄송하게 생각하고 또 이 자리에서
유족분들께 진심으로 사죄드립니다.

최정우, 마이크 스탠드를 피해 허리 굽혀 인사한다.
수많은 카메라의 셔터음과 플래시.

최정우   회사에서는 안전 최우선을 목표로 여러 가지 시
설 투자 등 노력을 하고 있습니다마는 아직까지
좀 많이 부족한 것 같습니다. 오늘 위원님들 말
씀을 듣고 안전 최우선 경영에 반영하여 무재해
사업장을 만들도록 하겠습니다.

최정우, 자막과 동시에 임종성으로 전환.

임종성 / 더불어민주당, 환경노동위원회 위원

임종성   노트먼 조셉 네이든 대표 단상 앞으로 나오세요.

김웅, 무대 앞으로 나오며 노트먼 조셉 네이든으로 전환.

임종성   한국어 가능한가요? 최근 칠곡 물류센터에서 근

무하다 사망한 고 장덕준 씨 알고 계시지요? 고 인은 근로복지공단에 산재 신청한 지 4개월 만에 산재로 인정받았습니다.

유족 요청 서류

• 출퇴근 기록
• 급여명세서
• 조직현황표 / 인원배치표 / 업무분장표
• 소속 부서·팀의 작업 및 업무일지
• 근로계약서
• 연장근로 기록 일지
• 물류센터 작업 공정표

임종성   유족은 총 일곱 가지를 요청했는데 회사는 근로 계약서, 급여명세서 등을 제외하고 나머지는 유족 측에 내어주질 않았습니다. 이에 더해 쿠팡은 고 장덕준 씨를 산업재해로 인정할 수 없다는 의견을 냈습니다. 맞습니까? 예스, 노만 해주세요.

노트먼 조셉 네이든 / 쿠팡풀필먼트 대표이사

51

노트먼 조셉 네이든의 녹음된 말(영어)이 작게 깔린다.

네이든   질환으로 인한 사고와 현장 사고로 인한 사고 간
에는 원인을 규명하는 데 있어서 어려움이, 차이
가 있다, 라고 생각을 하고 있습니다. 특히 질환
과 관련된 산재 같은 경우에는 의료 전문가의 소
견이 필요한데 제가 의료 전문가가 아닌 관계로
의료 전문가가 정당한 결정을 내리는 것을 저희
가 기다릴 필요가 있다, 라고 생각을 했습니다.

임종성, 화자로 전환한다.

화자   장덕준 씨는 쿠팡에서 1년 6개월 동안 일용직 노
동자로 일했습니다. 근무 시간은 저녁 7시부터
새벽 4시. 일주일 동안 하루도 쉬지 않고 일한
적도 있습니다. 75킬로그램이던 체중은 60킬로
그램이 됐습니다. 2020년 10월 12일 새벽 집에
돌아온 장덕준 씨는 샤워를 하겠다며 욕실로 들
어갔고 마른 욕조 안에 엎드린 채 숨을 거뒀습니
다. 향년 28세. 사인은 급성심근경색이었습니다.

화자, 강은미로 전환한다.

강은미 / 정의당, 환경노동위원회 위원

강은미 지난 국감에서 쿠팡 측은 장덕준 씨가 일한 7층이 업무 강도가 가장 낮다고 이야기했습니다. 지금도 그렇게 생각하시나요?

네이든 물동량과 관련된 아웃풋에 있어서는 맞다, 라고 생각을 합니다.

강은미 7층이 업무 강도가 가장 낮다는 건가요?

네이든 주문량에 따라 다를 수가 있습니다.

강은미 4층 화장실에서 40대 계약직 노동자가 숨졌고, 외주 업체 30대 여성 노동자가 사망했고, 11월 10일 하청 노동자가 또 사망했고……. 올해 1월 11일에는 50대 여성 노동자가 사망했습니다. 그리고 지난번에 152명 코로나 집단 감염이 발생했지요. 그게 원인이 돼서 가족이 사경을 헤매는 노동자도 있습니다.

네이든 매우 유감스럽게 생각하고 있습니다. 또한 사망 사건 같은 경우에는 해당 사건이 업무와 관련이 있건 없건에 상관없이 아주 가슴 아픈 비극이라고 생각하고 있습니다. 저희는 지속적으로 환경을 개선하기 위해서 최선의 노력을 경주하도록 하겠습니다.

대표 및 대표이사 9인
GS건설, 포스코건설, 현대건설,
포스코, 현대중공업, LG디스플레이,
대한통운 택배부문, 롯데글로벌로지스,
쿠팡풀필먼트서비스

화자1   출석한 증인은 모두 아홉 명이었습니다. CJ택배, 롯데택배, 쿠팡. 특히 이들 사업장에서 일하는 사람들은 과로 상태에 내몰렸습니다. 물류센터라는 거점을 중심으로 물건을 차에 싣고, 내리고, 분류하고, 그걸 다시 차에 싣고, 내리고, 배달하는 일. 특수고용직과 일용직 파견근로라는 형태로 고용된 수많은 사람들이 이 일을 떠맡았습니다. 과로사는 분명 산업재해지만 기업은 업무와의 연관성을 외면했습니다.

화자2   LG디스플레이는 2021년 1월 독성 화학물질 배출 사고가 발생한 곳이었습니다. 사고는 배관을 해체하는 작업 중에 일어났습니다.

중앙에 놓인 의자 하나를 잡아 '배관'으로 삼는다.

화자2   수산화테트라메틸암모늄이라는 화학물질이 흐르는 배관이었습니다. 하청업체 노동자들이 배관을 해체하려는 순간 무색무취의 화학물질이 뿜어져 나왔습니다. 하청업체 노동자들은 그것이 무엇인지 몰랐습니다.

화자1   원청 직원들은 부랴부랴 비닐봉지를 구해와 건넸고,

화자2   하청 노동자들은 그걸 받아 손으로 틈새를 막았습니다.

화자1   원청 직원들이 밖에서 차단 밸브를 찾는 데 걸린 시간은 30여 분.

화자2   하청 노동자들은 무색무취의 화학물질을 뒤집어쓰며 10여 분간 고군분투. 몸이 흠뻑 젖고 나서야 사고 장소를 빠져나온 하청 노동자들은 샤워장으로 갔습니다. (사이) 거기서 그들은 쓰러졌습니다.

잡고 있던 의자를 천천히 눕힌다. 흡사 산재사고를 당한 노동자 같다.

두 배우, 잠시 쓰러진 의자를 지켜본다.

화자1   노동자 이 씨는 두 달 동안 사경을 헤매다 숨을
             거뒀고, 최 씨는 아홉 달을 버티다 사망했습니다.

배우들, 무대 외곽으로 빠진다.

쓰러진 의자를 비추는 조명만 남기고 무대 어두워진다.

4장

하청

하창민(전 현대중공업 사내하청지회 울산지부장),.
박혜영(전 노동건강연대 활동가),
이준석(한국발전기술 태안지회 지회장)

이 장은 한 명의 배우가 하창민, 박혜영, 이준석 세 인물을
모두 맡아 연기한다. 그렇기 때문에 인물 간 전환의 표지를
만들어내는 게 중요하다.

'쓰러진 의자'는 이들이 세상과 싸우는 동기이다. 이를 도구
로 삼아 장면 내내 활용한다.
장면이 전개되면서 인물들의 감정은 고조된다.
이들의 격한 감정은 눈에 보이지 않는 '사회 구조'와 대결하
는 데서 온다. 하지만 이들의 자리는 점점 좁아진다.

배우, 쓰러진 의자 곁으로 이동한다. 동시에 무대 밝아진다.
곁에 서서 잠시 의자를 응시한다.

배우의 시선은 쓰러진 동료를 향한 눈빛 같다.

장제목 자막.

#4 하청

쓰러진 의자를 일으켜 세우면서,

하창민   그러니까 안전 관리자들도…….

하창민(72년생) / 전 현대중공업 사내하청지회
울산지부장

하창민   ……안전 관리 부서에 있는 사람들도 조합원들
         이거든. 조합원들이야. 조합원인데 사고가 나면
         지들이 책임져야 되는 거야, 자기 구역에 있는
         거는. 그리고 현장, 다른 현장도 비슷하겠지만
         얘들이 예방 활동을 하려고 해. 그러면 이게 상
         충되는 부분이 생기고 감정 부분이 건드려지는
         게 있다고. 하청은 오늘 오다 받은 걸 해야 돼.
         해야 되는데, 근데 얘들은 와가지고 중단을 시키
         든 혹은 이걸 하기 위한 최소한의 설비를 하고

58

나서 하라고 요구를 한다고. 그럼 시간이 걸리
지. 못 해, 그 시간 안에. 그러면 여기서 오는 것
들이 생기는 거야. 그러면서 이 안전 관리 애들
은 말을 또 친절하게 안 하지. 하청이니까. 그래
가 걔들이 오면 피해버려. 아니면 작업을 중단해
놨다가 잔업 때 하는 거야, 걔들이 퇴근하고 난
뒤에. 그게 효과적이지. 예를 들면 생산에서만
볼 때는 왜 쓸데없는 일을 두 시간 하냔 말이야.

갑자기 고개를 돌려 한곳을 응시한다. 동시에 자막.
잠시 정지.

하창민 선생이 조선소에서 일을 시작한 건
1998년도 현대미포조선에서다.
3년 뒤 현대중공업으로 자리를 옮겼고
실력 괜찮은 용접공으로 제법 인정받았다.
그가 그곳에서 현대중공업 직원이었던 적은 없었다.
하청업체 소속이었고 물량팀 소속이었다.

의자를 들고 이동하여 새로 자리를 잡는다.
박혜영으로 전환.

박혜영, 말을 시작하면 자막.

박혜영　　도망치듯이 오기도 했고…….

박혜영(82년생) / 전 노동건강연대 활동가

박혜영　　……활동가로 지낼 때는, 그 시절 제 성격을 탈
　　　　　피하려고 노력 중이라서. 진짜 다 예스만 했거든
　　　　　요. 뭔가를 거절하거나 싫다고 말하는 연습을 하
　　　　　는데, 힘들어요. 계속 예민하게 있다가……. 올해
　　　　　부턴 생계 때문에 이력서도 써야 하는데. (사이)
　　　　　계속 이럴 수는 없으니까……. 더 큰 문제는 이
　　　　　력서에 쓸 게 민주노총 법률원이랑 노동건강연
　　　　　대밖에 없어서. 아무 데도 이력서를 넣을 수가 없
　　　　　는 거예요. 그래서 강릉에 이사 오면서 제일 하기
　　　　　싫었던 노무사 사무실 차리는 걸……. 아마 그렇
　　　　　게 저항하다가 몸이 이렇게 된 게 아닌가 생각하
　　　　　고 있어요.

갑자기 고개를 돌려 한곳을 응시한다. 동시에 자막.
잠시 정지.

15년.

박혜영 선생이 운동판에서 활동가로 살아간

세월이다.

그러다 서울을 떠났으니 이유가 있겠다 싶었다.

다시 의자를 들고 이동하여 새로 자리를 잡는다.

이준석으로 전환.

이준석, 말을 시작하면 자막.

이준석   저는······.

이준석(72년생) / 한국발전기술 태안지회 지회장

이준석   ······한국발전기술의 태안사업소 지회장을 맡고

있는 이준석이라고 합니다. 2017년 6월부터 임

기를 맡아가지고 시작을 했고요. 한 1년 정도 있

다가, 2018년 12월 11일 날 저희 동료인 고 김용

균······. (사이) 그런 안타까운 사고가 일어났죠.

갑자기 고개를 돌려 한곳을 응시한다. 동시에 자막과 음향.

공장의 기계음 같은 소리다.

61

이 장이 전개되는 동안 공장의 기계 소리는 조금씩 커지며 무대를 장악해간다.

잠시 정지.

컨베이어벨트를 점검하던 중 일어난 사고였다.

향년 만 24세.

태안화력발전소는 한국서부발전이라는 회사의

사업장이었고,

김용균 씨가 소속된 한국발전기술은

그곳 설비의 일부를 운용하는 하청 업체였다.

이준석　　컨베이어벨트가 초당 2.5미터로 지나가요. 그 굉음이 엄청납니다. 양쪽에 벨트가 있고 그 사이로 다녀야 하니까 처음 오는 사람은 두렵죠. 벨트 사이가 1.2미터. (양팔로 거리를 가늠하며) 한 요정도 돼요. V자 벨트가 양쪽으로. 그러니까 내가 가다가 걸려서 넘어지거나 뭐 하면은. 만약에 손이라도 잘못 짚거나 점검하다가 장갑이라도 껴말려 들어가거나 그러면은, 순간이니까……

배우, 의자를 들고 이동. 하창민으로 전환.

하창민 　바로 옆에서 죽었잖아요. 사장 큰조카인데 그 때 그 애가 스물여섯 일곱 됐나. 일 배우러 와가지고 이제, 그 블록을……. (인터뷰어 눈치를 본 뒤) 잘 모르시니까 말을 못 하겠다. 하여튼 철판이 있는데, 철판에 요 앞에다가 가용접. 테크라고 하는데 그 용접을 하고 크레인을 떼 뿌리는데 그게 넘어지면서 가슴을 쳐버려가지고……. 이게 3톤 정도 됐는데 응급실 실려 가다가 죽었어요. 죽었으면 당연히 일을 중단하고 영안실에 가고 해야 되는데. 저는 그랬죠. 그냥 내 상식대로. 전부 다 작업 중지시키고 영안실로 가자. 가가지고 삼일장을 치렀거든요. 딱 갔다 오니까 회사 문 닫더라고.

배우, 의자를 들고 이동. 박혜영으로 전환.

박혜영 　저 이사 오자마자 주문진에서 사망 사건이 있었는데, 20대……. 채석장에서 벨트에 빨려 들어가서 사망한 사건이 있었어요. 저 오고 나서 사고 되게 많았어요. 안인화력발전소 추락사 두 건, 삼척 시멘트 석회 동굴 발파 작업 사망 한 명. 되게 많았어요. 많아요. 어디든 많지 사실.

배우, 의자를 들고 이동. 하창민으로 전환.

하창민   그렇더라고. 첫째로는 하청 자체가 문제지만 그 하청이라는 게 없어지지 않으면 이 죽음이 안 없어지는 거지, 사실은. 똑같이 간다고. 고용 구조와 산재가. 정범식 씨라고 14년도에. 그때 한참 죽을 때예요. 한 달 동안에만 하청 노동자가 다섯 명이 죽었죠? 그날 나도 사망 소식을 들었거든. 점심 때. 11시 30분경에 안에서 사망하셨는데 뭐라고 들리느냐 하면, 자살했다라고. 현장에선 이미 이야기가 돌았고. 그러니까 사측에서 그렇게 뿌리는 거죠. 유족들하고 이야기를 했죠. 이거 아니다, 자살하신 거 아니다, 명백하게 일하다가 돌아가신 거 맞다. 우리가 상황을 알잖아요.

자살로 둔갑한 사건을 산재 사건으로 바로잡는 데 걸린 시간은 5년.
2019년, 법원은 정범식 씨의 사건을 업무상 재해로 인정했다.

배우, 의자를 들고 이동. 전환.

이준석   사고 이전과 이후로 구분하면 확연하게 다르죠.
        구석구석 조명이라든지 전체 다 LED로 교체를
        하고. 현장은 많이 밝아졌어요. 사고 전에는 설
        비 개선을 요청해도 잘 이뤄지지도 않고, 돼도
        시간이 오래 걸렸는데 사고 나고 원청에서도 와
        서 본 거죠. 그전에는 원청에서 현장을 안 봤거
        든요. 와서 보니까 너무 열악하다는 걸 안 거죠.

서 있던 자리가 어두워진다. 배우 황급히 벗어난다.
다시 의자를 들고 조명으로 만들어낸 구역 내에서 이동한
다. 전환.

하창민   비정규직 문제를 자기 일로 같이 받아들이지 않
        으면 노동조합이 살 수가 없다, 나는 당신들을
        위해서 하는 이야기다. 현장에 거의 뭐 80%가
        하청이 일을 하고 있잖아요. 원청 정규직들은 소
        위 말해서 일하지도 않고 돈 많이 받고. 하청은
        뼈 빠지게 일하면서 쇳가루 다 마셔가면서 일해
        도 절반밖에 못 받고. 이 골을 메울 수 있는 건

정규직들이 나서야 될 일이거든요, 사실은. 제가 찾아갔죠. (무대 한쪽으로 이동해서) 같이해야 됩니다, 이거는. 원하청이 함께해야 되고 노동조합도 결합을 시켜야 되고. 할 수 있는 것부터 시작해서 간극을 줄여나가야 된다. 문제는 딱 하나예요. 그러니까, 현장을 잡지 못하는 거. 파업의 효과라는 거는 생산을 멈추는 거잖아요. 80%가 하청이 일하고 있는데 어떻게 타격을 받아요.

이동 후 전환.

박혜영   상징적인 게 그거예요. 노동조합에서 교섭을 할 때 언제나 건강권은 버리는 패예요. 딜. 그래, 그거 하지 말자. 돈으로 다 줘. 이렇게.

이동 후 전환.

이준석   저희는 안전 인력이 한 명밖에 없어요, 안전 관리자가. 한국발전기술의 안전 관리요. 그러면은 그 사람은 사무적인 업무도 다 처리를 못 해요. 현장 나가보는 거는 꿈같은 얘기예요. 근데 한전산업은 안전이 여섯 명이 돼요. 그런데 우리는 한 명이 일하는 거야.

이동 후 전환.

박혜영   저는 비현실적이라고 생각하는……. 모든 구호가 다 비현실적인 것 같거든요. '해고는 살인이다', 이거는 좋은데, '그래서'가 없는 거예요. 그러니까 자꾸 뜬구름 잡는 얘기만 많이 하고. 그게 좀 환멸스럽기도 했고, 그리고 말을 다 습관적으로 하고. 원래 다른 사람이 했던 얘기를 마치 자기 얘기인 양 하고. 자리가 다른 사람들인데 다 똑같은 얘기를 해. 근데 하창민이 유일하게 아니었어요.

이동 없이 빠른 전환.

하창민   똑같은 블록을 해. 똑같은 시리즈가 있어, 1호기 2호기 3호기. 이게 이제 100원에 내가 처음에 업체에서 받았다 하면은 그다음에는 80원이야, 똑같은 거니까. 그다음에는 60원. 그다음에는 50원,

이렇게 되는 거야. 그러면 위에서, 중공업에서 볼 때는 똑같은 작업을 하기 때문에 능률이 난다는 거야. 사실 능률이 나, 능률이 나. 그런데 아무리 노력을 해본들 똑같은 거야. 왜? 또 까지기 때문에. 가면 갈수록. 그걸 어디서 많이 하느냐? 공기를 단축시키는 거야. 그러니까 1시간 할 거를 30분 안에 끝내야지 먹고사는 거야 사실은. 거기서 안전이 어디 있냐고, 안전이.

이동 후 전환.

박혜영　　현대제철 용광로에서 다섯 명이 질식해서 사망한 사건이 있었는데, 하청 노동자가. 그 앞에 가서 기자회견을 한 적이 있거든요. 분명히 당진에 건강권대책위가 있다고 들었어요. 그런데 도움을 받기가 너무 어려운 거야. 지역에서 다섯 명이 죽었는데. (목소리를 낮추며) 정규직이 아닌 거예요. 대책위가 정규직 중심으로 꾸려져 있는 거죠.

이동 후 전환.

하창민 문제 제기 안 하잖아. 왜? 조합비가 많이 들어오니까 중앙에서 말을 못 하는 거야. 조합비로 급여에서 1%를 뗀다고. 그게 걔들은 4만 원 돈 될 거라고 아마. 그럼 5만 명이라고 치면 월에 20억이야. 꼼짝을 못 하는 거지. 그러니까 금속 노조는 저그들끼리 다 해먹는 거야. 우리는 조합원들한테서 1만 원씩 조합비를 받아가지고 올려요. 그러고 나서 금속한테 50 몇 프로인가 받아요. 그러면 한 5300원 받는 거야 1만 원 올려주면. 하청지회 조합원이 많을 때가 200~300 됐지. 이걸로 어떻게 운영을 해요. 못 해요. 생계비가 어떻게 돼, 활동비가 어떻게 돼. 날마다 재정 사업한다고 양말 팔고 뭐 팔고 오만 거 다 팔았다, 내가. (씁쓸하게 웃으며) 근데 정규직들은 사주지도 않아.

이 장 초반부터 무대를 장악해가던 소리의 음량이 최고조에 이른다.

반면 조명이 비추는 구역은 최소한으로 줄어들어 있다.

박혜영, 이런 상황에 맞서는 듯하다.

박혜영　촛불집회 때. 사람들이 마이크를 붙들고 얘기하
　　　　는데 직장 얘기를 하는 사람이 한 명도 없는 거
　　　　예요. 사회의 온갖 불합리함에 대해서 얘기하는
　　　　데 직장 얘기는 왜 안 할까. 근데 거의 끝나고 비
　　　　정규직 조직과 무슨 회의 이런 게 크게 개최됐
　　　　어요. 민주노총에서 비정규직 노조를 조직해야
　　　　된다, 이러면서. 사람들이 몰라서 그렇다, 노조
　　　　가 필요하다, 운동 본부를 만들자. 온갖 얘기들
　　　　이 나오는데 그게 다 황당해. 사람들이 진짜 몰
　　　　라서 안 하는 거냐, 가장 필요한 게 진짜 노조냐.
　　　　화가 났어요. 사람들이 촛불 드는 거 보고 느낀
　　　　거 하나도 없냐, 진짜로 필요한 건 민주주의 아
　　　　니냐, 노조가 민주주의라고 쉽게 단정짓는 거 아
　　　　니냐. 건강권 운동하다 보면 진짜……. 직장 민
　　　　주주의가 저는 핵심이라고 생각하거든요…….

장면 내내 손에서 놓지 않고 있던 의자를 들어 바닥에 쾅
내려놓는다.
동시에 음향 사라지고, 조명은 무대 전체로 확장된다.

박혜영　사람들이 말을 못 하는 구조에서 위험은 파생된

다……. 민주노총한테 대놓고 물어봤어요. 지금 임금 체불이 10조가 넘는다는데 그거 가지고 운동 해봐라, 전면 광고 크게 내고 해봐라, 10조 다 받아준다고 해봐라. 그랬더니 조합 선거 들어가야 돼서 안 된다는 거예요. 기가 막혀가지고…….

이준석 한국전력 아래 자회사를 만들어서 직고용으로 가야 된다. 정부도 그렇게 한다고 했고. 한전의 자회사 이렇게 얘기를 했는데. 그 말을 믿고 저희도 합의를 하고 유가족도 합의를 하고 대통령도 만나고 했는데, 이제 합의문 나온 거 보니까 뭐 한전산업개발을 활용하는 방안이 나온 거예요.

자막 들어오면 지켜보고 있던 배우 무대에 개입.

산업통상자원부

한국전력공사

(발전 자회사)

한국수력원자력 한국남동발전 한국중부발전 한국서부발전 한국남부발전 한국동서발전

한국발전기술·한전산업개발 등 여러 하청업체

화자 한국전력은 여러 자회사를 두고 있습니다. 화력

71

부문에 다섯 개 발전사가 있는데 한국전력이 주식 100%를 갖고 있습니다. 이들 자회사는 보일러와 터빈 운영만을 맡습니다. 석탄의 하역과 운반, 저장과 분쇄, 다 탄 재를 처리하는 일과 설비를 정비하고 보수하는 일. 이건 여러 업체에 맡깁니다. 이들 하청업체 중 가장 덩치가 큰 회사가 한전산업개발인데 원래 한국전력의 100% 자회사로 있다가 2003년도에 자유총연맹에 매각됐습니다. 정부는 이걸 다시 한전의 자회사로 만들어 다섯 개 발전사의 하청 노동자를 이곳 정규직으로 전환시키겠다는 겁니다.

한전산업개발

주주명	지분율
한국자유총연맹	31.00%
한국전력공사	29.00%

(2021.12. 기준)

화자   자유총연맹의 지분은 31%. 하지만 자유총연맹과도 한국전력과도 합의된 것은 없었습니다.

화자, 조용히 무대 밖으로 퇴장한다.

이준석 솔직한 얘기로 한전도 관심 없고. 자유총연맹은 이게 법적인 근거가 있는 것도 아니니까. 강제 사항이 아닌 거죠. 자유총연맹은 지금 룰루랄라예요. 지금 주식만 해도 4000원짜리가 1만 3000원대로 가 있고.

하창민 자동차 쪽 댕기는 사람이 자동차 주식 안 갖고 있을 줄 알아요? 조합 하면서 집회 현장 와가지고 주식 보고 있어. 중공업은 안 그런 줄 알아요? 우리사주제 해서 조합원들 줘가지고 다 갖고 있잖아. 주식을 갖고 있잖아. 그래서 이게 충돌이 생기는 거야.

이준석 제가 예전에 원청 정규직 노조하고도 몇 번 만나서 얘기해봤어요. 간부들하고. 위원장도 만나서 얘기도 했어요. 우리 실정도 얘기를 하고. 우리가 직고용이 안 되는 이유를 얘기해주더라고요. 첫째, 정규직 조합원들이 반대를 한다.

박혜영 현대중공업에서 사람이 그렇게 많이 죽었는데 그게 서울에선 이슈가 아예 안 됐어요. 계속 죽고 있었는데. 근데 정몽준이 서울시장 나온다고, 2014년도에. 현대중공업 하청 노동자들이 서울에 올라온 거죠. 이 사람들을 만나보자. 우리가 울산은 못 가봤으니까.

음악.

무대 분위기 바뀐다.

퇴장했던 배우, 무대 밖에서 걸어 들어온다. 아주 천천히.

그는 다음 장으로 전환할 때까지 무대 주위를 같은 속도로 걷는다.

박혜영의 시선, 잠시 그를 따라간다.

흡사 자신의 과거가 눈앞에 펼쳐지듯, 하창민처럼 현장을 떠난 수많은 활동가를 떠올리듯.

박혜영   그날 오향족발을 잔뜩 사들고 그분들을 찾아갔어요. 이미 많은 활동을 해오셨더라고요. 근데 울산에서만 얘기가 된 거야. 그렇게 그분들 만나고 서울권에서 처음으로 그 이슈를 다루기 시작했어요.

하창민   못 했죠. 어떻게 생활해요. 집사람 벌어서 알아서 쓰는 거고. 나는 내 알아서. 활동비 조금 받으면 그걸로. 못살면 또 복지가 돼 있더라고. 진짜 돈 한 개 안 들었다고. 애들은 학비 안 내지, 급

식비 다 나오지 뭐. 학원은 안 댕겼잖아. 미안하긴 미안한데. 다 커서 대학교 2학년 초인가 군대 가기 전에 하여튼 사고를 쳤어, 첫째가. 근데 그게 어떤 거냐면 지가 억눌려오고 말하지 못했던. 총체적인 그런 건가 봐. 난 아무 소리 안 하거든, 그런 일에 대해서는. 하루는 '간다.' 하는데 누워 있더라고. 그래서 안아줬지. 아무 말 안 하고. 애가 통곡을 하더라고.

아이들을 만나도 괜찮겠느냐 물었다.
하창민 선생은 첫째에게 전화를 걸어
인터뷰의 취지를 설명했다.
"저, 아들하고 친해요."
그는 크게 웃었다.

박혜영 선생과의 인터뷰는 꽤 긴 시간 이어졌다.
"다음엔 누굴 만나는 게 좋을까요?"
마지막 질문이었다.

박혜영 '일하는학교' 가보세요. 일단 많이 다쳐요. 그 친구들이 어떤 방식으로 해결하는지 들으실 수 있

75

을 거예요. 친구의 친구, 이렇게 엮여서 일하는 애들이 많아요. 그러면 다치고 나서 어떻게 하는지 얘기 많이 들었거든요. 제가 산재보험 상담하러 간 적이 있는데 실비보험에 대해 질문을 그렇게나 많이 하더라는…….

갸네는 그게 훨씬 더 신청하기 쉽고……. 많이 다치고, 자잘하게 다치니까 실비보험이 더 중요한 거예요. 심사 안 하니까, 산재처럼.

아주 잠시 정지.

박혜영의 대사 톤이 바뀐다. 다음 장으로의 전환을 준비하는 것이다.

박혜영은 다음 대사를 이어가며 자신이 사용하던 의자를 정리하고 무대 한쪽으로 이동한다.

박혜영   성남에 '디딤돌학교'라고 있어요. 탈학교 청소년들 데려다가 공부시키는. 일을 해야 하는 아이들이 많아요. 학생 한 명이 나가서 일을 하다가 직장 내 괴롭힘을 당했겠죠. 자살 시도를 했어요. 그걸 알아내서 막았어. 병원 응급실에 선생님들이 데려다놓고……. 그런데 또 병원에서 뛰어내렸어요. 기댈 언덕이 없으니까 사회에 나갔다가 계속 당하고 돌아오는 거예요. 이 친구들을 위한 교육이 필요하다, 그래서 만들어진 게 '일하는학교'예요.

박혜영, 말을 마치면 무대 한쪽 끝에서 반대편 끝을 보고 선다. 반대편에는 무대 주변을 걷던 다른 배우가 도착해 있다. 멀리서 서로 마주 보는 듯. 반대편의 배우는 다음 장에서 일하는학교의 이정현으로 분한다.

두 사람, 눈이 마주치면 동시에 서로를 향해 천천히 걷는다. 박혜영의 운동과 이정현의 운동이 서로 이어지는 듯. 음악, 점점 커진다.

5장

청년 (1)

이정현(일하는학교 사무국장)

서로를 향해 천천히 걸어오는 두 사람, 무대 중앙에서 교차
하자마자 아주 잠깐 정지하는 듯.
동시에 두 사람 사이로 자막.

#5 청년 (1)

박혜영은 빠르게 퇴장.
다른 배우는 자리로 이동해 이정현으로 분한다.
의자를 하나씩 옮기며 '일하는학교'와 아이들의 현실을 차
례로 형상화한다.

이정현   10대로서의 삶은⋯⋯.

이정현   ……겨우 안정이 된 거죠. 하지만 20대가 되면
          과제가 달라지잖아요. 취업을 해야 하고 경제 활
          동을 해야 하고. 그래야 사회적 위치나 일종의
          시민권이 생기잖아요. 대부분 학력도 없고 가족
          의 지지도 없고 뭐가 없으니까, 생계형 알바 정
          도를 하다가 아예 더 무너지기도 하는 거죠. 이
          아이들이 조금은 재미있게 일하면서 살 수 있는
          상황을 만들자…….

          제도권 밖에서 교육을 고민하시게 된 계기가
          있을까요?

이정현, 인터뷰어의 질문에 집중하는 듯 객석 쪽을 향해 주
의를 기울인다.

이정현   글쎄요. 맨날 그런 질문 받으면……. 굳이 계기를
          찾자면. 20대 때 야학을 했는데 스물네 살 때인
          가 야학을 처음 갔어요. 신당야학이라고 신당역
          근처예요. 그 당시 야학은 어른들이 가시는 곳이

79

긴 했는데 거기 구두도 닦고 생산직 일을 하는 학교 밖 청소년이 몇 명 있었어요. 학교를 안 다니는 청소년을 처음 봤죠, 거기서 처음.

교육대학원 마치고 디딤돌학교로 가셨는데
포부가 있으셨습니까?

이정현 재밌는 교육을 하는 공간을 기대하고 간 거였는데 거의 수업이라는 게 이뤄지지 않았죠. 말이 학교지 수업 시간표가 있어도 제때 못 오고 안 오고. 이런 애들이 반 이상이니까 데리러 가고 밖에서 만나고……. 학교가 왜 있는 거지? 밖에서 만나는데. 요새는 많이 줄었죠. 인구도 줄고. 옛날에는 7만 명. 연간 전국적으로 그랬고요. 요새는 한 5만 명.

일하는학교를 시작할 때 어떤 고민이
있으셨습니까?

이정현 일하면서 겪는 여러 가지 유형의 문제들이 있어요. 학교 졸업하고 스무 살이 되고 이제 서른이

된 학생들도 생겼는데. 저희가 시작한 지 10년
이 됐으니까요. 지금처럼 청년 의제가 없었어요.
취업 지원 교육 같은 제도가 있어도 뭔가 핸디
캡을, 삶의 환경에 핸디캡을 안고 있는 청년들이
사회 활동에 적응할 수 있는 제도는 전무했죠.
할 게 없으니까, 할 게 없어요. 다 알바만 하고.
지금도 그렇지만 그 당시에는 더 열악했죠. 노동
인권 같은 개념도 없었으니까.

일하면서 주로 어떤 문제를 겪습니까?

물류센터에서의 일과 배달일을 재현하는 듯 의자를 몇 개
옮겨 위로 쌓아 올린다.

이정현   물류센터 같은 데서 일을 많이 하는데요. (사이)
        최근엔 배달 관련한 일이 많아요. 산재와 생활
        위기가 결합된 형태고요. 동네 무서운 형이 배달
        대행사를 창업하고 처음에는 가까운 친구들끼
        리 했겠지만 점점 사업을 확장하면서 대타도 있
        어야 하고 사람이 많이 필요하겠죠. 그럼 후배를
        부르고 또 그 후배한테 친구를 부르라고 하고.

그러다 폭언 폭행 이런 문제가 생기기도 하는 거예요. 다녀오기 복잡하고 어려운 데를 빨리 갔다 오라고 강요하고. 그러다 사고가 생기고. 일반적인 고용 관계가 아니니까 어떤 수준 이상의 요구를 하는 거죠. 그게 협박까지 가기도 해요. 돈도 빌려주더라고요. 고리대로. 한 달 빌려주고 두 배로 갚으라고 하고. 급하니까 '설마 받겠어.' 이러면서 빌렸는데 진짜로 그렇게 되기도 하고. 채무 문제는 일단 오토바이를 렌탈하는 순간 발생해요. 집세, 핸드폰 요금, 식비……. 한 달에 들어가는 고정 비용이 있는데 일하다 다쳐서 한두 달 쉬게 되면 100~200, 200~300 빚이 생겨요. 고정 비용이야 항상 들어가니까 한번 빚이 생기면, 큰돈이 아니더라도 헤어나기 힘든 거예요.

이정현 선생님께서 쓰신 글 중에 본 건데요,
다섯 살 때 엄마가 집을 나간 일을 겪은 청년의
얘기였어요.
그때 일을 내 탓으로 여기는, 이런 반응이
사회생활을 할 때도 일어나서 힘들다는…….
모든 부정적인 상황을 자기 탓으로 돌리는

애기였어요.

나 때문인 것 같다……

나 때문인 것 같다……

이정현, 쌓아 올린 의자에 등을 기댄다.

불안정하게 쌓아올린 의자가 곧 쓰러질 듯 위태롭다.

이정현　저는 그게……. 저는 그게 산재 같은데 인정은
　　　　또……. 단시간에 발생하기보다는 오래전부터
　　　　위험해진 상태에서 일하면서 더 심해지거나, 그
　　　　런 거니까 인정은 잘 안 된다고 들었는데. 분명
　　　　히 영향은 있어요. 일한 곳에서의 어떤 대우나
　　　　관계나 이런 거. 얼마 전에 만난 친구는 제가 보
　　　　기에 심리적 병이 있는데 병원을 안 가고 있어
　　　　요. 상관없다고. 그 친구가 한 3년 정도 취업 경
　　　　험을 하고 완전히 녹다운이 됐는데, 제일 힘들었
　　　　던 게, 일은 땅만 보고 하면 되는데 사람하고 눈
　　　　을 마주치는 게 힘들었다고……. '눈을 마주치고
　　　　밥을 먹는 시간이 너무 지옥 같다.'

이정현, 불안한 눈빛으로 관객을 마주한다.

6장

법제도

손익찬(민주사회를 위한 변호사 모임 노동자건강권 팀장)

어둑한 조명 이어진다.

스크린에 '수첩을 펼쳐 적어온 것을 찾으며'라고

타이핑되듯 새겨지다가 이내 지워진다.

이내 장 제목.

#6 법제도

아래 손익찬을 향한 이철의 질문은 녹음된 음성을 빨리감

기 형태로 재생한다.

동시에 소리에 맞춰 한 글자씩 스크린에 빠르게 나열된다.

이철 (수첩을 펼쳐 적어온 것을 찾으며) 그러면 이런

민변 같은 단체와 개별 법무법인이 산재

사건을 다루는 방식이나 혹은 경험의 차이,

그리고 중대재해처벌법이 만들어진 과정에서

민변의 역할, 그리고 중대재해처벌법 이후

법무법인과 기업의 움직임, 그다음에 산재는

법무법인 입장에서 어떤 시장으로 다뤄지고

있나. 그리고…….

5장에서 퇴장한 배우, 무대로 진입하며 손익찬으로 전환.
관객석과 무대의 경계를 흐트러뜨리며 스크린 앞으로 이동
해 관객을 마주한다.

손익찬   그런데 지금 이게 가능한가요? 연극에 들어가는
           게?

이철   (조심스럽게) 그다음에……. 산재 관련해서

       대표적인 사건 혹은 상징적인 사건

       같은……. 그런 걸 꼽는 게 가능할지

       모르겠습니다만…….

손익찬   네네.

이철　원진레이온이라든지 문송면 사건이라든지
　　　또 얼마 전에 메탄올이니……. 메탄올 사건을
　　　민변에서 맡았다는 걸로 제가 얼핏 들었던 것
　　　같은데요.

손익찬　메탄올은 산재로 당연히 인정됐고요. 민사상 국
　　　가 책임을 물을 수 있는지에 대한 걸 민변에서
　　　하는 걸로 알고 있어요.

이철　(수첩에 손익찬의 말을 받아 적으며) 예…….
　　　민사요……. 제가 그렇게 세밀하게 구분을 잘
　　　못 해서…….

손익찬　(상대가 법제도에 대해 잘 모른다는 사실을 알았다.)
　　　아…… 산재는요…….

손익찬, 관객을 한번 보고, 관객석 뒤쪽의 오퍼석˚을 한번
본 뒤 신호한다.
경쾌한 음악과 함께 조명이 바뀐다.

• 무대 조명, 음향 등을 담당하는 오퍼레이터가 위치한 자리.

86

손익찬, 무대를 휘젓다가 외친다.

손익찬   손익찬의 산재 교실!

이후 진행은 한 편의 쇼처럼, 또는 대중 강연처럼 진행된다.

손익찬(87년생) / 민주사회를 위한 변호사 모임

노동자건강권 팀장

음악 잦아들면 관객에게 묻는다.

손익찬   산재가 뭐죠?

손익찬의 설명에 따라 산재 보상과 처벌에 관한 내용이 스크린(다음 페이지)에 하나씩 제시된다.

손익찬   산재는 일단 '사고'랑 '질병'으로 구분할 수 있고
          요. 산재를 사회적으로 다룰 때는 크게 '보상' 영
          역이랑 '처벌' 영역이 있다고 보시면 됩니다.
          보상의 영역은 산업재해보상보험법이라고 하는
          법률에 근거하고. 근로복지공단이라고 하는 기

산업재해

처벌
근거: 산업안전보건법
관할: 한국산업안전보건공단+노동청

징역/벌금

무죄
유죄 ─ 대표이사
중간관리자
현장관리자
동료…

처벌받는 경우 거의 없음
형사처벌 필요조건
• 사회적 비난 가능성이 있으며,
• 상당한 인과관계로 인해
• 합리적 의심의 여지가 없어야 함

보상
근거: 산업재해보상보험법
관할: 근로복지공단

보상

인과관계 입증 필요
1. 근골격계 (골병, 염좌, 디스크)
2. 뇌·심혈관계 (주 52시간 이상 근무)
3. 직업성 암 및 희귀질환 (노출 사실 추정)
4. 정신질환 (자살)

사고

질병

관이 관장을 하고요.

처벌 부분은 산안법, 산업안전보건법이라고 하는 법률. 여기는 한국산업안전보건공단이라고 하는 데가, 그리고 지방에 있는 노동청이 주로 관할하는데, 그래서 보상이랑 처벌, 이런 걸 좀 나눠서 보셔야 돼요.

사고는 보상에서 별로 문제가 없어요. 명확하니까. 문제는 ('처벌'이라는 단어를 가리키며) 이쪽. 이 문제가 강한 거죠. 형사책임.

그냥 큰 그림을 그려드리려고 하는데. 사람이 죽어도 무죄가 나올 수 있습니다. 법대로 다 했는데 우연의 우연이 겹쳐서 사고가 발생한 경우라면요.

그런데요. 유죄가 난다고 했을 때 대표이사냐 아니면 중간관리자냐 아니면 현장관리자냐. 아니면 동료냐. 처벌받는 사람이 다를 수가 있거든요. 그리고 이 사람들이 흔히 말하는 실형이냐 벌금이냐, 이 문제도 있겠죠. 여러 가지 경우의 수가 있는데 일단 수사 실무상 현장에서 어떤 걸 잘못해가지고 안전 수칙을 위반했다라고 하면 ('중간관리자'를 가리키며) 대개 이 선에서 끝나고요. 형사책임을 묻는 거는······. 규모가 큰 회사는 대표이사가 모든 걸 다 할 수 없으니까, 뭐 경영본부장 그런 것처럼. 안전관리 부문에서 본부장이 있을 수 있죠. 법에서 선정하게 돼 있어요. 대표이사 대신에 총괄로 책임을 지라고.

손익찬, 관객에게 말을 걸며 주의를 환기시킨다.
"잘 듣고 계시죠?" "이제 중요한 얘기를 할 겁니다." 등등.

손익찬 그럼 이제 중대재해처벌법이 갖는 의미는 뭐냐. ('대표이사'를 가리키며) 얘의 책임은 어느 경우에 물을 수 있을 것이냐. 대표이사의 책임을 어쨌든 정조준해야 그리고 처벌 수위도 높여야 좀 더 실질적인 사고 예방이 가능하지 않겠냐. 이게 법 제정 운동의 의미라고 볼 수가 있고요.
('질병' 항목에 다음 내용을 적어가며) 질병은요, 양상이 완전히 달라요. 일단 질병을 가지고는. 아, 사실 '사고'랑 '질병'을 나누는 기준도 애매해요. 메탄올 급성 중독 같은 경우는 사고냐 질병이냐라고 했을 때 보기에 따라, 관점에 따라 다를 수 있거든요.

손익찬이 오퍼석을 향해 신호하면,

다시 경쾌한 음악 깔리고 자막.

손익찬은 음악에 반응한다.

메탄올 중독 실명 사고

YN테크, BK테크, 덕용ENG 등 삼성전자의 3차

협력업체에서 일어난 사고. 2016년 확인된 피해자는

6명. 모두 파견노동자였다.

업체는 핸드폰에 쓰이는 알루미늄 부품을

생산했는데 에탄올을 써야 할 자리에 메탄올을

사용했다. 에탄올 1kg의 가격은 대략 1200원.

메탄올은 대략 500원이었다. 피해자 모두 시력을

잃었고 증상이 심한 피해자는 뇌손상까지 입어 몸을

가누는 데 심각한 장애를 얻었다.

손익찬, "잠깐 읽어보시죠." "이따 시험 볼 거예요." 등 너스레를 떨기도 한다.

관객에게 잠시 자막 읽을 시간을 주지만 시간은 짧아야 한다.

다시 신호를 줘 음악을 끊으며.

손익찬   기준은 인과관계 입증이 필요한가예요. 인과관계 입증이 필요한 게 질병이라 할 수 있고, 사고는 인과관계 입증이 직관적으로 가능한 거. 그래서 메탄올 급성 중독도 사실 질병에 가깝지만 질병에 따르는 절차가 아니라 사실상 사고처럼 취급했거든요. 질병은 처벌로 가는 경우가 거의 없다고 보시면 돼요. 왜냐. 형사처벌이라는 건 사회적 비난 가능성이 있어야 되고 인과관계에 있어서 합리적 의심의 여지 없이 모든 사실이 행위부터 결과까지 다 연결돼야 하고……

다시 음악과 함께 자막.

비난 가능성

형법상 범죄가 무엇인지 설명할 때 등장하는 개념.
어떤 행위가 범죄인가, 혹은 이 행위는 범죄로서
성립하는 행위인가, 이걸 따질 때 기준이 되는 세
가지 개념 중 하나(구성요건, 위법성, 책임).
행위자를 비난할 수 없다면 책임이 인정되지 않고,
책임이 인정되지 않으면 범죄가 성립하지
않는다는 것.

손익찬, 관객에게 잠시 자막을 읽을 시간을 주지만 이내 자신에게 시선을 끌어온다.

자막을 보며 이게 무슨 말인지 도통 이해가 안 된다는 듯 과장된 몸짓을 보이거나 음악에 맞춰 춤을 추며 "저 보지 말고 읽으세요." 등 너스레를 떨다가 음악을 끊으며.

손익찬 개인적인 요인이 질병 발생에 기여하는 경우도 있다는 거죠. 개인의 건강 관리나 체질이 원인일 수 있지 않냐. 그래서 이걸 범죄로 볼 수가 있냐. 이런 차원이 있고. 그리고 이게 직업병이 과연 맞냐, 그런 인식과의 싸움도 있고…… 되게 어려워요. 또 승인받는 데까지 2~3년씩 걸리는 게 기본이고.

그러면 질병은 크게 뭐가 있냐. ('질병' 항목 아래 다음이 제시된다.) 근골격계가 있고요. 흔히 말하는 골병, 염좌, 디스크 이런 것들이요. 여기는 인과관계 입증을 많이 필요로 하죠. 그리고 뇌혈관, 심혈관계가 있고요. 요즘 말하는 과로사가 여기 해당되고. 또 뇌경색, 뇌출혈, 심근경색 등등. 이건 52시간을 초과해서 근무를 하면 입증이 되는 거죠. 어쨌든 한국 사회는 기본적으로 과로가 많으니까. 그리고 이게 되게 애매한데, 직업성 암과 기타 희귀질환. 논란이 많은 영역이죠. 삼성반도체 사건 생각하시면 되고요. 이 문제는 대법원에서 정리됐어요. 노출 사실이 추정되면 산재로 인정해주는 걸로.

('정신질환'을 가리키며) 이건 요즘 아주 중요한 카테고리인데. 서비스직도 많아지고 직장 내 괴롭힘도 많아졌고요. 옛날 같으면 산재로 보지 않았겠죠. (관객을 가리키며) 옛날엔 괴롭힘 당하는 사람이 문제라고 봤으니까.

다시 음악.

"여러분, 잘 이해되셨나요?" 등등.

손익찬, 관객에게 말을 걸며 쇼 또는 대중 강연 형태의 분위기를 정리한다.

뒤이어 자막.

2021년 여름, 세상은 중대재해처벌법 시행령 제정을 앞두고 분주했다.

손익찬   안 그래도 그것 때문에 정신없습니다. 입법 예고

가 됐으니 의견을 제출할 수 있는 기회가 있어
서. 근게 이게…….

손익찬   특히 여기 5조 '안전·보건 관계 법령에 따른 의
무이행에 필요한 관리상의 조치'라고 있는데 이
게 포괄적으로 제시돼 있어요. 그러니까 법령에
서 어떤 의무를 정하고 있으면 그 의무를 어떻
게 이행할 것인지 대표이사가 전략을 짜서 그걸
의무적으로 이행하라는 의미인데, 시행령에 나
온 걸 보니까 점검 결과를 보고받은 다음에, 보
고받은 범위 내에서 조치를 취하면 된다……. 점
검하고, 보고받고, 보고받은 범위 내에서 조치.
여기까지만 보면 상식적으로 들리기도 하는데
문제는 이 점검을 위탁할 수 있게 했어요. 외부
에다가.

사고 발생 가능성이 높은 업무를 원청이 하청에게
용역 주는 일.

이른바 '위험의 외주화'라 부르는 구조.

그런데 이제는 안전 관리 의무를 외주화하는 일도

가능해졌다.

중대재해처벌법이 법적 근거가 된 셈이다.

손익찬　위탁받은 외부 업체가 부실하게 점검을 해도 '보
　　　　고받은 범위 내에서' 조치할 의무를 이행했기 때
　　　　문에…… 외부 업체는 '나는 점검 다 했으니까
　　　　됐어.' 원청은 '나는 보고받은 대로만 했으니까
　　　　됐어.' 이렇게 시행령이 돼 있기 때문에 이게 어
　　　　떤 처벌이 가능한 의무 내용을 구체화시키는 시
　　　　행령이 아닌 거죠. 어떻게든 면책을 해주는. 이
　　　　것만 하면 면책된다, 라는 것을 제시해주는 시행
　　　　령이다. 이렇게 문제 제기를 하고 있죠.

자막, 빨리감기 속도로 재생되는 효과음과 함께.

이철　(적으며) 책임을 회피할 수 있는 논리가
　　　　만들어진 셈이군요. 이 시행령안을 보면요.

손익찬　그렇죠. 대부분 경총(한국경영자총협회) 쪽에서 주

장한 거랑 거의 비슷한 내용으로 가게 돼가지고 걱정이 아주……. 그리고 산업안전보건 분야 전문가들이 로펌으로 갔다는 얘기가 많이 나오는데, 크게 눈에 띄는 게 박영만 변호사.

손익찬, 무대 한쪽에서 지켜보던 배우를 데리고 나온다.

손익찬 의사 출신인데 변호사가 되셨죠. 이분은 문재인 정부 들어서 노동부 산재예방정책국장으로 특채됐던 분이에요. 민간인 신분으로 정부기관 국장으로 임용된 건 굉장히 특별한 사례거든요. 노동부 국장 하시다가 좀 쉬고 율촌이란 로펌으로 가셨는데, 여기 율촌이 삼성반도체 백혈병 사건 때 사측 대리했던 로펌이에요. 10대 로펌에 들고. 그때 1차 소송 때 이분 박영만 변호사가 유족 측 대리하셨어요. 학생 때 저도 법정 가서 봤는데. 아휴. 어떻게 이렇게 율촌으로 가셨을까…….

배우 한 명, 슬금슬금 도망친다. 다시 음악.
손익찬이 그를 쫓는다.
쫓고 쫓기는 와중에 자막, 한 줄씩 제시된다.

자막이 모두 제시되면 손익찬, 추격을 그만둔다.

숨을 헐떡이며 잠시 고개를 돌려 자막을 본다.

음악 잦아들다 사라진다.

마지막으로 손익찬 변호사에게 물었다.

산재 사건 중 가장 상징적인 사건이란 걸 꼽아볼 수 있을까요?

그는 삼성반도체 백혈병 사건을 말했다.

이유는 다음과 같다.

반도체 산업은 굴뚝 없는 깨끗한 산업이다,

그런 사회적 통념을 부숴버린 사건이고,

반도체 산업의 본질은 화학물질 산업이다,

그런 사실을 드러낸 사건이며,

삼성전자의 1등주의 뒤편에 숨겨져 있던 추한 모습,

즉 돈 몇 푼으로 사람을 얽어매려 한 행태를 드러낸 사건이다.

손익찬   황유미 씨 사건 같은 경우에도. 그때가 2006년
이었으니까, 인터넷이나 SNS가 지금 같지 않았
으니까, 진짜 500만 원 주고 입막음하려고 했던
건데. 삼성 입장에선 그게 잘 안 됐죠. 황유미 씨

사건을 기점으로 다른 수십 명이 산재로 인정이
되고. 반도체 산업 자체가 문제라는 인식도 세워
졌고. 대규모 역학 조사도 진행되고 있고요.

손익찬, 객석 사이로(또는 가까이) 이동해서.

손익찬　　그전까지 회사 다녀서 암 걸린다는 생각을 누가
　　　　　했겠어요.

다음 장 첫 대사, 바로 이어진다.

화자　　　아니, 얘기를 안 해주면 아무도 모르지.

7장

아홉 살 유다인

황정희(유다인의 엄마, 2002년 삼성전자 반도체 생산직 부문 입사),

유다인(초등학생)

무대 한쪽에서 손익찬을 지켜보던 배우, 황정희로 분한다.

이 장에서 황정희는 두 가지 화제에 관한 자신의 내면을 간단하지만 명료한 몸짓으로 표현한다.

처음에는 약하게, 나중에는 강하게.

두 가지 화제는 오래전 삼성반도체에서의 노동과 아이의 치료에 관한 일이다.

황정희   아니, 얘기를 안 해주면 아무도 모르지.

#7 태아 산재: 아홉 살 유다인

관객과의 거리를 좁힌 뒤.

황정희   이게 무슨 제품인 건지, 이게 무슨 케미칼을 쓰고 있는 건지, 이걸 만지면 안 되는 건지, 그런 게 당연히 있어야 되는 건데…….

황정희(83년생) / 유다인의 엄마, 삼성전자 반도체 생산직 부문 근무 후 퇴직

황정희   교육은 해요. MSDS 시트 작성하는 거하고 이 위험 물질은 여기에 꼭 있어야 된다, 이런 교육은 다 하는데…….

MSDS: 물질안전보건자료(Material Safety Data Sheet)

황정희   제가 있던 라인 같은 경우도 뭐지……. 물론 케미칼을 직접 만지지는 않아요. 만지지는 않는데 예전에는 뭐였냐면 IPA 같은 알콜 있잖아요. 그거를 청소할 때도 그냥 쓰고 그랬으니까.

IPA: 이소프로필알코올(isopropyl alcohol)

황정희   IPA가 몸에 나쁜 거다, 안 좋은 거다, 그런 교육
은 받아본 적이 없어요. 그냥 어느 순간 사라져
있어. 사라지면 '뭐 없는가 보다, 없네.' 이러고
마는 거죠.

황정희, 관객을 향한 시선을 거두고 움직인다.
의자 하나를 들고 와 적당한 자리에 놓고 앉는다.
자막.
황정희, 관객이 자막을 읽는 시간 동안 기다린다.

서울성모병원에서 황정희 씨와 다인이를 만났다.
이날은 다인이가 정기 검진을 받는 날이었다.
"반가워요." 인사를 건넸다.
다인이는 소아외과로 들어갔고 황정희 씨와 나는
진료실 앞에서 이야기를 나눴다.

황정희   노가다였어요. 말 그대로 그냥 노가다. 런박스라
는 게 있어요. 예전에는 그게 8인치였는데 나중
엔 12인치. 그걸 계속 들었다 놨다 하는 작업을
하는 거거든요. 캐리어 하나에 한 10킬로그램에
서 15킬로그램 정도 되는데 그걸 매일매일 들었

다 났다 들었다 났다 그거를⋯⋯.

황정희, 관객을 향한 시선을 거두어 저쪽 한곳을 응시한다.

다인이를 보는 듯.

이때 의자 하나에 조명 비춘다. 동시에 자막.

유다인(2013년생) / 초등학생

황정희   같이 일했던 언니 한 명이 산재 인정을 받았어
        요. 유산을 한 거예요. 그때 당시에는 몰랐죠. 그
        언니 일을 듣고 생각해보니까 같은 건물 같은
        현장에서 똑같이 근무를 했는데 다인이는? 애는
        임신이 돼 있는 상태로 그냥 그 환경에서, 똑같
        은 환경에서 제가 일을 했던 거잖아요.

생식독성: 생식기능, 생식능력 또는 태아의

발생·발육에 유해한 영향을 주는 물질

황정희   특수건강검진이란 게 있어요. 그 언니는 그걸 받
        았는데 그 언니 몸에서 안 좋은 성분이 나왔다
        고 하더라고요.

최기형성(催畸形性): 태아기에 작용하여 장기 형성에

악영향을 주는 독성

황정희   얘길 들은 건 한참 나중이었어요. 뉴스에서 삼
성이 사과했다는 걸 보고 그때 반올림에 연락을
했어요. 우리 다인이도 해당되는지 알아봤는데,
그게 그때예요.

이어지는 대사와 함께 다음 내용이 자막으로 흐른다.
2005년 6월 황유미 씨 급성 백혈병 진단부터 2018년 11월
삼성전자 '반도체 백혈병' 공식 사과까지의 타임라인.

    2005. 6.   황유미 씨 급성 백혈병 진단(삼성전자
              기흥 반도체 노동자)
    2007. 3.   황유미 씨 급성 백혈병으로 사망(향년
              23세)
    2008. 3.   반올림 발족(반도체 노동자의 건강과 인권
              지킴이 시민단체)
    2008. 4.   산업재해 신청: 삼성반도체 백혈병
              피해자 4명
    2009. 5.   산업재해 불승인: 근로복지공단

2010. 1.　서울행정법원 소송 제기: 황유미 씨 유족
　　　　 등 백혈병 피해자 5명

2011. 6.　행정소송 1심 선고: 산업재해 인정
　　　　 판결(황유미 씨 등 2명)

2014. 12.　조정위원회 구성 및 1차 조정 시작

2018. 11.　중재판정 합의이행 협약식: 삼성전자
　　　　 '반도체 백혈병' 공식 사과

대사는 끊김 없이 이어지고,

동시에 다음 명단이 스크린에 가득 흐른다.

'반도체 노동자의 건강과 인권지킴이 반올림'의 산재 신청
및 인정 현황.*

근로복지공단(질병판정위원회)에서 인정: 69명

김○○ (삼성반도체 온양공장, 재생불량성빈혈, 대전질판위
　　 2012.04.09.)

故 김○○ (삼성반도체 기흥공장, 유방암, 서울질판위 2012.12.03.)

故 김○○ (매그나칩반도체 청주, 만성골수성백혈병, 대전질판위
　　 2013.03.20.)

• '반올림 산재 신청 및 인정 현황'(2023년 3월 3일 현재)에 공개된 명단이다. 반
올림 홈페이지sharps.or.kr '산재신청 및 제보현황' 게시글 참고.

故 박○○ (삼성반도체 기흥공장, 비호지킨림프종, 서울질판위

    2016.05.03.)

故 이○○ (삼성반도체 기흥/화성공장, 폐암, 서울질판위

    2016.08.12.)

故 송○○ (삼성반도체 부천/기흥/천안공장, 폐암, 서울질판위

    2016.08.12.)

故 이○○ (엠코테크놀로지코리아, 유방암, 서울질판위

    2016.09.19.)

김○○ (삼성반도체 기흥/화성공장, 여성 불임, 서울질판위

    2017.02.17.)

오○○ (삼성반도체 기흥공장, 뇌종양, 서울질판위 2017.02.17.)

김○○ (삼성디스플레이 천안, 만성골수성백혈병. 서울질판위

    2017.06.23.)

김○○ (하이닉스반도체 청주공장, 비호지킨 림프종. 서울질판위

    2017.07.03.)

김○○ (삼성테크윈 창원, 만성골수성백혈병, 서울질판위

    2018.04.09.)

김○○ (삼성반도체 온양, 비호지킨림프종, 서울질판위

    2018.04.18.)

김○○ (삼성디스플레이 탕정공장, 비호지킨림프종, 서울질판위

    2018.08.06.)

성○○ (엠코테크놀로지코리아, 유방암. 서울질판위 2018.08.17.)

故 이○○ (삼성반도체 기흥공장, 전신성경화증, 경인질판위

    2018.09.04.)

故 이○○ (서울반도체 안산공장, 비호지킨림프종, 서울질판위
2018.10.12.)

故 김○○ (삼성디스플레이 아산공장, 뇌종양, 서울질판위
2018.11.07.)

신○○ (삼성SDI 천안공장, 비호지킨림프종, 서울질판위
2018.11.12.)

안○○ (삼성디스플레이 기흥, 만성골수성백혈병, 서울질판위
2018.12.10.)

이○○ (삼성반도체 기흥공장, 뇌종양(육종), 서울질판위
2018.12.19.)

故 김○○ (SK하이닉스 청주공장, 뇌종양, 서울질판위
2019.01.09.)

장○○ (LG반도체 청주공장, 난소암, 서울질판위 2019.01.21.)

위○○ (삼성전자 구미/수원공장, 난소암, 서울질판위
2019.02.22.)

故 김○○ (삼성반도체 기흥공장, 급성골수성백혈병, 서울질판위
2019.02.22.)

김○○ (삼성반도체 기흥공장, 유방암, 서울질판위 2019.02.22.)

박○○ (삼성반도체 부천공장, 전신홍반성루푸스, 경인질판위
2019.03.06.)

원○○ (LG디스플레이 파주, 만성림프구성백혈병, 서울질판위
2019.04.15.)

故 주○○ (삼성반도체 기흥공장, 유방암, 서울질판위
2019.04.22.)

채○○ (삼성반도체 기흥공장, 급성골수성백혈병, 서울질판위
　　2019.04.22.)

한○○ (삼성디스플레이 기흥공장, 뇌종양, 서울질판위
　　2019.04.29.)

故 최○○ (삼성디스플레이 탕정공장, 뇌종양, 서울질판위
　　2019.04.29.)

故 김○○ (삼성반도체 기흥공장, 유방암, 서울질판위
　　2019.05.20.)

김○○ (삼성반도체 기흥공장, 유방암, 서울질판위 2019.05.20.)

김○○ (삼성반도체 기흥/화성공장, 폐암, 서울질판위
　　2019.06.10.)

故 신○○ (ATK 부평/성수공장, 폐암, 서울질판위 2019.07.29.)

배○○ (삼성반도체 기흥공장, 우울증, 서울질판위 2019.10.23.)

이○○ (서울반도체 안산공장, 방사선노출, 2019.11.04.)

정○○ (서울반도체 안산공장, 방사선노출, 2019.11.04.)

홍○○ (삼성반도체 부천공장, 루프스, 경인질판위 2019.12.04.)

노○○ (삼성디스플레이 탕정공장, 피부질환, 서울질판위
　　2020.02.06.)

홍○○ (삼성반도체 부천공장, 유방암, 서울질판위 2020.02.10.)

구○○ (삼성반도체 기흥공장, 루푸스, 서울질판위 2020.03.04.)

박○○ (삼성반도체 부천공장, 유방암, 서울질판위 2020.04.27.)

임○○ (삼성반도체 기흥공장, 유방암, 서울질판위 2020.08.10.)

故 황○○ (삼성SDI 수원연구소, 백혈병, 서울질판위 2020.09.14.)

전○○ (SK실트론 구미공장, 백혈병, 서울질판위 2020.10.22.)

김○○ (LG디스플레이 구미공장, 백혈병, 서울질판위 2020.11.19.)

봉○○ (삼성디스플레이 천안LED/아산OLED, 비호지킨림프종,

서울질판위 2021.03.03.)

이○○ (삼성반도체 기흥공장, 뇌종양, 서울질판위 2021.07.05.)

박○○ (삼성반도체 화성공장, 뇌종양, 서울질판위 2021.07.05.)

권○○ (삼성전기 조치원공장, 백혈병, 서울질판위 2021.07.05.)

이○○ (삼성디스플레이 아산공장, 비호지킨림프종, 서울질판위

2021.09.09.)

황○○ (삼성디스플레이 아산공장, 유방암, 서울질판위

2021.12.20.)

임○○ (삼성전자 부천공장, 다발성골수종, 서울질판위

2021.12.20.)

김○○ (SK하이닉스 이천공장, 신경섬유종, 서울질판위

2021.12.20.)

천○○ (삼성디스플레이 기흥, 대세포신경내분비암, 서울질판위

2022.01.03.)

이○○ (ASE코리아 파주공장, 백혈병, 질판위생략 2022.01.03.)

박○○ (삼성SDI 천안공장, 백혈병, 서울질판위 2022.01.03.)

윤○○ (삼성디스플레이 아산공장, 뇌종양, 서울질판위

2022.01.13.)

여○○ (삼성디스플레이 천안공장, 유방암, 서울질판위

2022.01.24.)

배○○ (삼성반도체 기흥공장, 유방암, 서울질판위 2022.03.07.)

한○○ (삼성반도체 기흥/천안공장, 신부전증, 질판위생략

2022.06.20.)

김○○ (세메스, 골육종, 서울질판위 2022.08.08.)

김○○ (ASE코리아 파주공장, 유방암, 서울질판위 2022.11.01.)

故 박○○ (SK하이닉스 청주공장, 흑색종, 질판위생략

2022.12.20.)

故 이○○ (삼성반도체 화성공장, 췌장암, 서울질판위 2022.12.21.)

임○○ (삼성디스플레이 아산공장, 뇌종양, 서울질판위

2022.12.21)

배○○ (삼성디스플레이 천안LED/아산OLED, 서울남부질판위

2023.02.24.)

근로복지공단 불승인 이후 행정소송 제기하여
산재인정 확정: 27명(아래는 모두 승소 확정된 사건임)

故 황○○ (삼성반도체 기흥공장, 백혈병, 1심 승소 2심 승소)

‣ 1심 : 2011.06.23. 선고, 서울행정 2010구합1149 판결

‣ 2심 : 2014.08.21. 선고, 서울고등 2011누23995 판결

故 이○○ (삼성반도체 기흥공장, 백혈병, 1심 승소 2심 승소)

‣ 위 황○○와 같은 판결

유○○ (삼성반도체 온양공장, 재생불량성빈혈, 1심 승소)

‣ 1심 : 2014.11.07. 선고, 서울행정 2011구단8751 판결

故 김○○ (삼성반도체 기흥공장, 백혈병, 1심 승소 2심 승소)

- 1심 : 2013.10.18. 선고, 서울행정 2013구합51244 판결

- 2심 : 2015.01.22. 선고, 서울고등 2013누50359 판결

○○○ (삼성반도체, 다발성경화증, 1심 패소 2심 승소)

- 2심 : 서울고법 2017년 판결

故 이○○ (삼성반도체, 난소암, 1심 승소 2심 승소)

- 1심 : 2016.01.28. 선고, 서울행정 2013구합53677 판결

- 2심 : 2017.07.07. 선고, 서울고등 2016누38282 판결

○○○ (삼성디스플레이, 다발성경화증, 1심 승소 2심 승소)

- 1심 : 2017.02.10. 선고, 서울행정 2013구단51919 판결

- 2심 : 2017.07.25. 선고, 서울고등 2017누39268 판결

김○○ (큐리에스, 유방암, 1심 승소)

- 1심 : 2017.08.10. 선고, 서울행정 2015구단56048 판결

이○○ (삼성디스플레이, 다발성경화증, 1·2심 패소 3심 승소)

- 3심 : 2017.08.29. 선고, 대법 2015두3867 판결

故 이○○ (삼성반도체 온양, 뇌종양, 1심 승소 2심 패소 3심 승소)

- 3심 : 2017.11.14. 선고, 대법 2016두1066 판결

故 손○○ (삼성반도체 기흥공장, 백혈병, 1심 승소)

‣ 1심 : 2017.11.17. 선고, 서울행정 2015구합70225 판결

故 김○○ (삼성반도체 화성공장(협력업체), 백혈병, 1심 승소)

‣ 1심 : 2018.02.26. 선고, 서울행정 2015구단51494 판결

장○○ (엘지전자 평택공장, 재생불량성빈혈, 1심 승소)

‣ 1심 : 2018.04.19. 선고, 서울행정 2016구단17552 판결

김○○ (삼성전기 수원공장, 만성골수성백혈병, 1심 승소)

‣ 1심 : 2018.08.16. 선고, 서울행정 2017구단62399 판결

이○○ (삼성반도체 온양공장, 뇌종양, 1심 진행 중 조정)

‣ 1심 : 서울행정 2017구단52088

정○○ (삼성반도체 기흥공장, 백혈병, 1심 승소)

‣ 1심 : 2018.11.29. 선고, 서울행정 2017구단75661 판결

박○○ (삼성반도체 기흥공장, 유방암, 1심 승소)

‣ 1심 : 2018.12.19. 선고, 서울행정 2016구단64275 판결

故 이○○ (삼성반도체 온양공장, 백혈병, 1심 진행 중 조정)

‣ 1심 : 서울행정 2017구합57622

故 장○○ (삼성전기 부산공장, 백혈병, 1심 진행 중 조정)

  ‣ 1심 : 서울행정 2016구합53951

故 김○○ (아이엠텍 파주공장, 비호지킨림프종, 1심 승소)

  ‣ 1심 : 2020.05.29. 선고, 서울행정 2018구합69677 판결

조○○ (삼성반도체 기흥공장, 시신경척수염, 1심 승소)

  ‣ 1심 : 2020.09.10. 선고, 서울행정 2019구단66678 판결

故 강○○ (반도체/LCD 장비업체, 폐암, 1심 승소)

  ‣ 1심 : 2020.09.11. 선고, 서울행정 2017구합84082 판결

이○○ (SK하이닉스 협력업체, 파킨슨병, 1심 승소)

  ‣ 1심 : 2021.02.18. 선고, 서울행정 2018구단78469 판결

오○○ (SK하이닉스, 재생불량성빈혈, 1심 승소 2심 승소)

  ‣ 1심 : 2020.09.09. 선고, 서울행정 2017구단81895 판결

  ‣ 2심 : 2021.08.12. 선고, 서울행정 2020누59033 판결

이○○ (전기 선로공, 재생불량성빈혈, 1심 승소)

  ‣ 1심 : 2021.11.29. 선고, 서울행정 2019구단70967 판결

유○ (삼성반도체 기흥공장, 신부전증, 1심 조정)

  ‣ 1심 : 서울행정 2019구단55272

송○ (삼성반도체 부천공장, 파킨슨병, 1심 승소)

▸ 1심 : 2022.4.5. 선고, 서울행정 2020구단66674 판결

위 현황이 스크린에 흐르는 동안, 그와 동시에 아래 황정희
의 긴 대사가 진행된다.

황정희의 그다음 대사, '근데 뭐. 이제 10년이 지났으니까.'
전에 현황 정보의 제시가 마무리돼야 한다.

황정희   그 언니가 했던 일이 베이크라고. 저도 다인이
          임신했을 때 그걸 했어요. 베이크라는 게. 웨이
          퍼를 굽는 장비가 있거든요. 그때가 장비를 셋업
          하는 단계였어요. 셋업을 하는 단계니까 여러 가
          지가 다 완벽한 게 아니잖아요. 그러니까 자동화
          로 넘기기 전까지 우리가 일일이 손으로 작업하
          면서, 매뉴얼대로 작업하면서, 문제가 있는지 없
          는지 확인하면서 장비를 보완하는 단계였어요.
          웨이퍼를 굽게 되면 저희가 그거를 이제 손으
          로 다 끄집어내고 집어넣고 이걸 전부 다 생으
          로……. 생으로 하면서 문제 잡아내고.
          근데 그때 제가 임신을 하고 있는 상태였고 그
          때 거기서 일했던 사람들 중에 저만큼 그 안에

114

서만 일했던 사람이 있나 싶은 거예요. 저도 라인 밖에서 일하고 싶었는데. 계속 얘기는 했죠. 만약 그때 제가 특수건강검진을 했거나 뭔가를 했으면 내 몸에서도 그 언니처럼 뭐가 나오지 않았을까. 특수건강검진이란 걸 알았나요. 회사에서도 그냥 일반적인 거, 그냥 피 검사하고 엑스레이 찍는 거나 해줬지.

사이.

황정희   근데 뭐. 이제 10년이 지났으니까.

황정희, 관객을 향한 시선을 거두어 다시 저쪽 한곳을 응시.
다인이의 자리다.
의자 하나에 조명 비춘다. 동시에 자막.

"여기 보이시죠. 태아의 방광에 물이 찼습니다."
2013년의 일이다.
황정희 씨는 이미 아이를 잃은 경험이 있었다.
즉시 일을 그만뒀다. 다인이는 엄마 배 속에서 나와 첫돌이 다 되도록 병원 밖을 나갈 수 없었다.

가성 장폐색증. 다인이의 장은 종종 움직임을
멈췄다.

황정희   교수님한테 막 난리를 쳤죠. 집에 보내달라고. 집
에서 돌잔치 하고 싶다고. 돌잔치 하고 일주일인
가 있다가 다시 입원. 이거를 계속 반복했어요.
다섯 살 때까지는 계속. 한번 가면 3개월, 4개월,
5개월씩. 장이 움직였다가 안 움직였다가 계속
그러니까. 장이 움직이면 잘 먹는데…….
(틈틈이 다인이 자리를 보면서) 얘도 자기 상태가 좋
은 거 같고 그래서 하루 잘 먹었는데. 새벽에 보
니까 배가 이렇게 불러. 배가 막 이렇게 부풀어.
근데 얘는 고통을 못 느껴. 둘러매고 새벽에 병원
으로 가는 거예요.

먹은 음식을 빼내는 게 우선이다.
배 속에 가스가 차오르기 때문이다.
그리고 늘어진 장이 다시 움직일 때까지 지켜본다.
다인이는 기다리는 동안 물 한 모금 마실 수 없다.
2개월까지 기다리곤 했다.
멈춘 장이 다시 움직일 기미가 없으면 결국 그

부분을 잘라냈다.

다인이는 장을 잘라내는 수술만 세 번을 겪었다.

황정희   구강이 퇴화한다는 거예요. 그러면 말도 어려워
         지고 물 넘기는 것도 힘들어진다고 하더라고요.
         병원에서 다인이 별명이 쪽쪽이 신동이었어요.
         처음에는 뭘 먹어본 적이 없으니까 젖병 빠는
         것도 못했죠. 6~7개월 때는 쪽쪽이를 빠는 게
         일상이었어요. 나중에는 병실 커튼 치고 입에 얼
         음 하나 넣어주고 씹어봐라. 집에서 오징어 몰래
         갖고 와서 한번 씹어봐라. 교수님하고 많이 싸웠
         죠. 근데 저는 애를 먹여야겠는 거예요.

황정희, 저쪽 다인이 자리 앞으로 이동한다.

다인이와 눈높이를 맞추듯 몸을 낮춘다.

         처음 1년 동안 병원에서는 병명조차 붙여주질
         않았다.

         그만큼 희귀한 증상이었다.

         다인이는 서울아산병원에서만 스무 번 넘게
         수술실에 들어갔다.

장루 수술, 위루관 수술, 케모포트 삽입 수술 등.
담당의는 음식을 먹이지 말라고 했다.
황정희 씨는 걱정이 컸다.
아이가 음식을 씹고 넘기는 구강의 움직임을 익히지
않으면 성장에 문제가 생길 거라는.

황정희　　네 살 때 병원을 옮겼어요. 여기 교수님은 먹이라
　　　　　고 해요. 먹어봐야 장도 적응한다는 거예요. 어차
　　　　　피 나중에 커서 소장을 이식해야 하는 아이니까
　　　　　먹는 걸 몸에 익혀야 한다는 거죠. 애기였을 땐
　　　　　얘가 앉혀놓으면 네다섯 시간 그냥 앉아만 있었
　　　　　거든요. 새우깡 하나씩 입에 물렸었는데 얘가 그
　　　　　맛을 안 거예요. 저쪽에 매달아났더니 뒤뚱뒤뚱
　　　　　걷더라고요. 그거 하나 먹어보겠다고…….

정지.
화자, 무대로 들어와 잠시 지켜본다.

화자　　　다인이는 여섯 살에 장루를 뗐습니다. 여섯 살이
　　　　　될 때까지 다인이는 배변을 해본 적이 없었습니다.
　　　　　그래서 배변이 몸에 익는 데 일 년이 걸렸습니다.

118

대사를 이어가며 의자 두 개를 옮겨와 자리에 놓는다. 무대 뒤쪽 스크린을 향한 방향이다.

화자   여덟 살 때는 몸 상태가 좋아 케모포트를 떼고 음식만으로 생활해보기도 했습니다. 다인이는 두 번째 병원에서도 열 번 넘게 수술실에 들어 갔습니다. 다인이는 인터뷰가 진행되는 동안 한 칸 떨어진 자리에 앉아 아이패드를 만지고 있었 습니다. 슬쩍 화면을 봤습니다.

두 배우, 관객에게 등을 지고 옮겨놓은 의자에 앉는다.
착석 후 고개를 돌려 다인이의 자리를 본다.
배우들의 자리와 다인이의 자리 사이로 스크린이 자리한다.
어떤 소리도 없이 자막이 하나씩 나타났다 사라진다.

마인크래프트를 하고 있는 거죠?
아이들은 마인크래프트군요.

— 집 짓는 걸 하더라고요.

영상 콘텐츠도 많이 보나요.

119

유튜브나 아니면 투니버스나.

— 네. 병원에 있으면 항상 달고 있으니까…….

뭘 좋아합니까?

— 먹방.

먹방? 먹방이요?

— 자기가 못 먹으니까. 막상 사다 주면 한입
먹어보고 그냥 내려놓고……. 마카롱하고
아이스크림 먹는 먹방 하나가 있거든요. 그것만
그렇게 계속 돌려 봐요.

화자　　다인이의 아침은 케모포트에 연결된 수액 줄을
떼는 것으로 시작합니다. 학교와 학원을 다녀오
고 저녁 일상까지 마무리하면 다시 줄을 가슴에
연결합니다. 단백질과 탄수화물과 지방. 다인이
에게 필요한 여러 영양분이 줄을 타고 심장 가
까이에 있는 중심 정맥으로 흘러 들어갑니다.

아홉 살이 된 다인이는 이제 먹고 싶은 것이 있어도 스스로 참습니다. 간혹 새로 사귄 친구들이 가슴에 달린 게 무엇인지 다인이에게 묻습니다. '다인아 이건 뭐야?'

내 생명줄이야.

여름이라는 계절감을 불러일으키는 소리.
조명이 변하면서 다음 장으로 전환.

8장

1988년 열다섯 살 문송면
그리고 원진레이온

문근면(문송면의 형), **김은혜**(원진직업병관리재단 이사),
임상혁(녹색병원 원장)

임상혁의 대사는 두 배우가 번갈아가며 말한다.
문근면과 김은혜의 대사는 각각 맡는다.

7장의 마무리에서 들리던 소리가 잦아들면 자막.

#8 1988년 열다섯 살 문송면 그리고 원진레이온

자막 사라지면,
배우 한 명씩 관객석으로 몸을 돌려 임상혁의 대사를 한 부
분씩 말하기 시작한다.

임상혁   저는 학생이었고,

임상혁   송면이가 88년도에 죽었죠. 아마 7월. 더웠죠. 그
         때 근면이를 봤죠. 제가 본과 3학년이었어요. 원
         진레이온은 88년도에 본격적으로 문제 제기가
         됐어요. 송면이가 죽었을 때. 우리 사회가 송면
         이의 죽음에 크게 움직였던 거예요. 사람들이 다
         같이 슬퍼하고 공감했던 때가 88년도였어요. 중
         학교를 갓 졸업하고 고등학교에 진학한다고 일
         을 시작했는데. 그 스토리가 시민들 마음을 움직
         인 거죠. 근데 그전에도 노동자는 계속 죽었거든
         요. 원진레이온 피해자들은 그전부터 있었고요.

앉아 있던 의자 두 개를 무대 중앙으로 옮겨와 서로 마주 보
게 놓는다.
또 다른 의자 하나를 옮겨와 마주 본 의자 위에 눕힌다.
의자는 병실 침대에 누운 '문송면'처럼 보인다.
문근면과 김은혜는 바닥에 앉는다. 문송면을 지키고 있듯.

123

문근면   중학교 3학년 졸업반 말년에. 12월에요. 태안중
학교에서 서울로 올라왔어요. 송면이하고 또래
몇 명이 올라왔죠. 그때만 해도 고등학교 납부
금이 있었잖아요. 자기가 벌어서 다녀보겠다고
영등포공고에 원서를 냈어요. 회사 기숙사에서
지내면서 낮에는 공장서 일하고 야간에는 학교
공부하겠다고.

김은혜(51년생) / 원진직업병관리재단 이사

김은혜   저희 부부가 둘 다 70학번이다 보니까. 저희 1학
년 때 전태일 분신을 겪었잖아요. 새파란 청년이
자기 몸을 불살라서. 대학생 친구 한 명이 있었
으면 좋겠다, 일기장에 적었잖아요. 너무 충격이
었어요. 노동자의 삶에 대해서 이론적으로 학습
만 해서는 안 되겠다. 인천이랑 여러 군데 사업
장을 쫓아다녔어요. 그러면서 만나보니까 열세
살짜리가, 열네 살짜리가, 열다섯 살짜리가…….
방직공장에서 본 노동자들은 막 소리를 지르는
거야. 공장 소음 때문에 귀가, 청각이……. 도금
하는 친구들은 코가 뚫어져 있고……. 크롬 때문

124

에 코가 뚫어지고 하는 게 있어요.

문근면　병원을 많이 거쳤죠. 처음에는 몸살처럼 몸이 안
　　　　좋았어요. 회사에 휴직계를 내고 데려와서 가까
　　　　운 의원에 가봤어요. 근데 별 차도가 없어서 한
　　　　의원엘 갔어요. 침도 맞아보고. 왜냐면 쑤시고
　　　　그러니까. 차도가 없었어요. 그런데 2월에 구정
　　　　설이 있어서 송면이를 데리고 명절 쇠러 시골을
　　　　내려갔어요. 그런데 집에서 발작을 하면서 까무
　　　　러친 거예요. 연휴 동안 읍내 의원에 입원해 있
　　　　다가 대학병원, 고대 구로병원으로 갔죠. 혈압은
　　　　막 올라가고 애는 만신창이가 됐는데 이유를 못
　　　　찾았어요. 병명이 안 나오니까 애가 귀신 들렸다
　　　　고 굿을 해야 된다고. 굿도 해봤어요.

　　　　누구 하나 가르쳐주는 사람도 없고 도움 주는
　　　　사람도 없었죠. 저도 20대 초반이었으니까. 33년
　　　　전이에요. 산업재해라든가 직업병이라든가. 전
　　　　혀 몰랐어요. 병원 가서 치료하면 낫는다고만 생
　　　　각했는데.

김은혜　송면이의 형이 1988년 4월 2일에 저를 찾아왔어
　　　　요. 구로의원 상담실에.

날짜까지 다 기억을 하고 계시네요.

김은혜   평생 잊을 수 없는 거니까. '송면이가 무슨 일을
          했어요?' 질문한 최초의 의사가 박희준 선생님이
          에요. 송면이가 온도계 압력기 만드는 데서 일했
          는데, '무슨 일을 했어요?'라고, 박희준 선생님만
          그 질문을 했어요. 그리고 특수건강검진을 한 거
          죠. 거기서 수은, 유기용제 중독이 나온 거예요.

스크린에 흑백이 반전된 신문 이미지.

온도계 공장 근무 15세 소년 두 달 만에 수은중독
《동아일보》, 1988년 5월 11일.

김은혜   송면이가 그해 7월 2일에 죽었는데요. 그 후에 산
          재 신청하는 과정에서 회사는 시골에서 농약 먹

어놓고 뒤집어씌운다며⋯⋯. 서류가 있는데 도장을 안 찍어주는 거야. 노동부는, 저기 남부지청에서는 회사 도장이 없다. 그래서 기자회견하고 집회하고. 열다섯 살 어린애가 죽었잖아요.

문근면　　그날 12시부터 증세가 안 좋아진다고 (가슴을 가리키며) 여기를 뚫어서 혈관에다 직접 주사액을 놓는다 그러더라고요. 이상하게 잠이 쏟아지더라고요. 송면이 옆에 엎드려서 잠깐 잠이 들었어요. 간호사들이 막 왔다 갔다 하고. 저거 멈췄다고.

스크린에 이미지.

수은중독 15세 소년 1백15일 만에 숨져
《경향신문》, 1988년 7월 2일.

문근면　　그때가 12시 반이었어요. 잠깐 사이 깜빡 졸았
　　　　던 거예요 엎드려서. 송면이는 고통이 심했어요.
　　　　어느 날 보니까 생이빨 두 개가 뽑혀 있어. 너무
　　　　아프니까 지가 뺐다는 거예요. 고통은 일단 없게
　　　　해줬어야 했는데. 그게 정말 안타까워요. 고통이
　　　　란 고통은 다 보고 갔으니까.

스크린에 '원진레이온 이황화탄소 중독 현황'.
두 배우, 스크린 앞으로 다가가 객석을 보고 선다.

원진레이온 이황화탄소(CS_2) 중독 현황

| 1987 | 1988 | ⋯ | 1993: 원진레이온 폐업 | 2000 ⋯ |

5　　25　11　29　45　143　238　46　97　84　72　45　27　28　20 ⋯ 915명

임상혁　　그러니까 원진레이온의 피해자들이 있었는데.
　　　　찾아왔을 때 그분들은 이미 산재로 인정을 받았
　　　　습니다. 회사랑 벌써 합의도 봤고. 껌 값에 합의
　　　　를 봤죠. 그리고 근로복지공단, 노동부에서는 치
　　　　료 종결. 더 이상 치료하지 마라.

스크린에 이미지.

원진레이온, 이황화탄소 중독자 12명 발생
"유해환경 놔두고 산재환자 강제 퇴사"
언어장애·팔다리 마비 … 노동부는 팔짱만
《한겨레》, 1988년 7월 22일.

임상혁　이런 말도 안 되는……. 송면이 일을 보고 연락이 온 거죠. 그래서 원진 환자들이, 집단적으로 그런 사람들이 있다라는 것을 알게 됐죠. 송면이는 아프다고 그랬어요. 아프다, 계속 아프다. 이런 증상은 고농도에 노출됐을 때 나타납니다. 송면이는 한두 번 봤나요. 병원에 입원했을 때. 그런데 송면이는 사람의 모습으로 아프다고 했어요. 원진 환자들은 뭐라 말해야 할까요.

스크린에 이미지.

흑백이 반전된 신문 기사의 글자들이 어지럽다.

빔프로젝트의 빛이 배우들의 얼굴에 묻어난다. 그들의 얼굴
은 일그러져 보인다.

"원진레이온이 우릴 죽이고 있다"

직업병 고통 속 이혼까지 … 40대 퇴직사원 자살

《경향신문》, 1991년 4월 26일.

스크린에 이미지.

"원진레이온 직업병 16명 또 판명"
이황화탄소 중독 모두 61명으로
은폐 위해 사직 강요 의혹
《동아일보》, 1990년 8월 16일.

임상혁 　원진레이온의 이황화탄소라고 하는 이 가스는
　　　　여러 가지 장해를 일으키지만 뇌신경에 침범해
　　　　서 뇌의 아주 작은 혈관들을 다 터트려요. 혈관
　　　　을 막기도 하고. 괴상한 증상들이 나타납니다.
　　　　얼굴 표정이 이상해지고. 사람이 만들어낼 수 있
　　　　는 행위하고 거리가 먼…… 그런 모습으로 원진
　　　　환자들이 나타났죠. 유해물질은 약한 곳으로 번
　　　　져 나갑니다. 원진에 들어간 기계가 일본에서 온

거였어요. 63년도에 들어왔는데요. 차관 형식으로요. 그 시기에 원진 같은 피해자들이 일본에서 몇백 명 발생했던 거예요. 우리나라는 그걸 중국에 팔았습니다. 중국도 사고를 겪었죠. 이후에 그게 또 북한에 들어갔다는 설이 있습니다.

조명 밝아진다. 동시에 두 배우, 객석 앞쪽으로 이동한다.

임상혁   이런 유해한 물질들은 점점 제3세계로, 약한 나라로 가게 됩니다.

두 배우 화자로 전환.
다음 장 대사를 바로 이어간다.

9장

청년 (2)

하영광(하창민의 첫째 아들), **하영준**(하창민의 둘째 아들),
이용탁(고 이선호의 친구), **김벼리**(고 이선호의 동창)

장 제목, 자막.

배우들, 임상혁에서 화자로 전환.

화자1   하창민 선생은 활동 당시 온갖 사람과 싸워야
        했습니다. 하청 노동자의 죽음을 외면하는 현대
        중공업 사측. 하청 노동자의 일을 자신의 일로
        품지 않는 정규직 노조. 그에겐 정파도 계파도
        없었습니다.

화자2   노동운동 현장에서 만난 모두를 그지 동지라 여

기는 믿음뿐이었습니다. 저는 하창민 선생의 두 아들이 궁금했습니다.

두 배우, 의자 두 개를 무대 중앙으로 가져와 나란히 놓고 앉는다.

형제의 교감을 보여주는 작은 움직임을 수행하며 하영광과 하영준으로 전환.

두 형제의 이야기를 진행하는 동안 움직임은 점점 커진다.

움직임은 어린 시절 풋풋한 기억을 드러내는 것으로부터 시작하여 아버지의 열정적 시간을 기억하는 것으로 확장되고 마지막에는 꽉 막힌 세상에서 자기 삶의 방향을 고민하는 뒤틀림으로 이어진다.

하영광(96년생) / 첫째 아들 / 대학졸업반

하영광　　아빠한테요? 관리자로 일할 때 들었던 이야기들. '사람이 이렇게 죽었는데도 일해라 한다.' 이런 얘기랑, 또 '내가 싫은데도 물량을 맞추려면 얘들을 쪼아가지고 시켜야 되는 게. 아, 나도 괴롭다.' 뭐 이런 얘기를 들었던 기억이 어렴풋이 나요.

하영준   어릴 때는 몰랐거든요. 필요한 거 있으면 그냥 사주시고 하니까. 형하고는 그냥…… 많이 싸웠어요. 제가 고등학교 때까지만 해도 좀 싫었거든요. 지 맘대로 하고 막 하니까. 성격이 예민해요. 까탈스럽고.

하영광   걔는 좀 무던해요. 저랑 장난 많이 쳤거든요. 형제끼리 있으면 또 많이 싸우잖아요. 제가 괴롭히고 하면은 동생은 또 그 스트레스를 학교 가서 많이 풀었더라고요. 주먹으로 해가지고.

하영준   열세 살이었으니까 2010년도네요. 초등학교 6학년 때. 외할머니가 원래 살던 집이었거든요. 할머니는 이모네로 가고 저희는 아파트 살다가 그 집으로 들어갔는데. 어머니한테 들은 이유는 할머니가 이사 가니까 우리가 받게 됐다고.

하영광   그 집에는 샤워할 수 있는 데도 없었고. 대야에다가 뜨거운 물 붓고 차가운 물 섞어서 씻고 그랬거든요. 제가 샤워기를 다시 쓴 게 스무 살 돼서 서울 올라와갖고. 지금 와서 생각해보면 오히려 재밌더라고요. 바닥이 차니까 등산 양말 집에

135

서 신고 다니고…….

하영준 제가 점심시간쯤에 가끔 막 집에 오고 그런 경
우가 있었거든요. 근데 아침에 아버지가 분명히
나가셨는데 점심 때 또 들어오시는 거예요. 아니
면 방과 후나 학원 같은 데 갈 시간에 제가 그거
째고 그냥 집에 갔는데 아버지랑 마주치고. 이제
큰났다…….

하영광 초등학생 때는 아빠하고 일하는 분이랑 같이 휴
가 가고 그랬어요. 여름휴가요. 그 당시부터 이
름 모를 아저씨들이……. 해직자나 그런 분들이
요. 아빠가 친구라고 하면서 데리고 왔는데. 이
름 모를 아저씨들이 계속 집에 놀러 오셨죠.

하영준 초등학생 때는 누가 정규직이다 누가 비정규직
이다 이렇게 가른 게 아니라. 우리 아빠 4공장인
데 너네 아빠는 몇 공장에서 일하셔? 이렇게. 저
도 몰랐어요. 하청인지 아닌지. 그냥 다 같은 현
중(현대중공업) 아니야?

하영광 진짜 너무 웃긴 거예요. 아빠도 그렇고 아저씨들
이 저는 제일 웃기거든요, 세상에서. TV에서 보
는 거는 다들 머리띠 두르고 이런 모습인데 사
실은 그분들은 되게 재미있고 유쾌하고. 어떻게

보면 애 같기도 하고.

하영준 　조금 부끄러웠던 감정은 있는데. 점점 크면서 아
　　　　버지가 대단하다는 생각을 했어요. 어떻게, 어떻
　　　　게 이렇게까지 하셨나.

두 배우, 움직임 고조된다.

'아버지는 어떻게 이렇게까지 하셨나.'라는 감탄과 존경은
'나는 어떻게 살아가야 하나.'라는 고통스런 자기 인식으로
이어진다.

이내 격렬한 움직임이 멈춘 뒤 각자 자리에 앉는다.

거친 호흡은 그들 내면에 자리한 거친 감정을 드러낸다.

하영광 　리스펙도 없어요. 그들 입장에서는 그럴 수도 있
　　　　는데 그래도 최소한의……. 저는 그래서 그 사람
　　　　들에 대한 분노가 있어요. 배신감이랄까. 아버지
　　　　가 약간 우울해하시는 거 보면서 이젠 아버지가
　　　　나이가 드셨구나. (사이) 내가 아빠가 돼야 할 차
　　　　례가 오는 거 같다…….

하영준 　저는 항상 화가 나 있었어요. 근데 그게 지금도
　　　　조금 남아 있어요.

하영광 　그냥 이유 없이 마음이 어디에 꽂혀서 그렇게 가

는 일들이 있는 것 같아요. 마음에 뜨거운 게 있는 사람은 뭔가 하나에 딱 꽂히는 게 있으면…….

아버지도 살면서 여러 가지 일들이 있으셨겠지만 아빠한테는 그거였던 거겠죠.

하영준   저는 악기 같은 것도 좋아하거든요. 기타 같은 거는 독학하고 조금씩 했는데. 음악적인 게 항상 고팠거든요. 노래도 좋아하고. 근데 예술적인 건 돈이 많이 드니까.

하영광   저도 그래서 한번 물어봤어요, 아빠한테.

'아빠 내가 어떻게 살아야 할지 모르겠는데.' 이런 거에 대해서 질문을 했는데. '많은 걸 경험해 봐라. 그리고 사람들을 만나다 보면은 너도 찾을 거다.'

두 배우, 함께 자리에서 벗어난다.

하영광, 하영준이 앉았던 의자를 가리키며,

화자1   하영광, 하영준 두 사람을 만나고 있을 무렵 언론은 평택항에서 일하다 죽은 한 청년의 일을 앞다퉈 보도하고 있었습니다.

평택항에서 일하다 사망한 이선호 씨의 사고를 전하는 뉴스 자막.

앵커   평택항에서 아르바이트를 하다 숨진 이선호 씨.
사고 당시 영상이 공개됐습니다. 영상을 보면 안
전 관리자도 없었고요. 선호 씨는 컨테이너 위에
서 홀로 일하고 있었습니다. 선호 씨의 친구들이
진상규명, 재발방지를 위해 팔을 걷어붙였는데
요. 숨진 선호 씨의 친구 김벼리 씨 연결해서 들
어보겠습니다.

두 배우, 이용탁과 김벼리의 이야기를 풀어내는 동안 모든
의자를 무대 위에 늘어놓는다.
그들이 의자를 옮겨놓는 모습은 흡사 물류를 다루는 노동
자들의 모습처럼 보이기도 한다.

이용탁(99년생) / 3사관학교 퇴교 후 공군 부사관
임관시험 준비

이용탁   원래 벼리하고 선호하고는 친하지 않거든요. 근
데 저하고 벼리하고 친해가지고 벼리한테 좀 도
와달라고 했는데 이렇게까지 해줄지 몰랐어요.
그냥 저희는 김벼리를……

이용탁 씨가 이선호 씨의 사고 소식을 들은 건
육군3사관학교에서다.
친구 명근이 전화했다.
"선호가 죽었다. 네이버에 평택항 쳐봐라. 그거
선호다."

이용탁   ……대변인이라고. 친구들 대변인. 너가 다 해
라, 우리 이런 거 잘 못 하니까 너가 다 해라.
김벼리   그 안에서 많이 답답해했죠, 용탁이가.

김벼리(98년생) / 휴학 중 시민단체 인턴 근무

김벼리   가장 소중한 친구가 아무튼 그냥 죽은 것도 아
니고 안 좋게……. 그런데 본인은 거기에 발이
묶여 있으니까.
이용탁   근데 그런 게 있었죠. 사고가 안 나는 게 오히려

좀 신기할 정도로. 선호가 원래 하던 일이 아니라 다른 일을 하다가 사고가 났잖아요. 처음에 선호가 죽었다고, 사고 당했다고 했을 때 거기서 선호가 왜 사고를 왜 당하냐. 제가 선호랑 같이 일을 했잖아요. 컨테이너에서 짐 빼는 일인데 그거 가지고 사고가 날 수가 없다. 그래서 안 믿었죠.

김벼리 그래서 다들 그런 얘기를 해요. 평택은 항만도 있지만 공장도 많아요. 그래서 아르바이트를 한다고 하면 공장에서 알바하는 걸 쉽게 떠올리거든요, 저희는. 저도 했었고. 근데 이제야 뭔가 보이는 거예요. 저희가 알바했던 곳들이 얼마나 위험한 현장들이었는지. 그래서 저희끼리 얘기하는 게, 앞으로 거기서는 일 못 할 것 같다.

이용탁 (저쪽 한 명을 가리키며) 저 친구도 고등학교 친구거든요. 지나가면 다 아는 사람이고. 그걸 뭐라고 하죠? 조문객 와서 이름 쓰는 거. 그걸 봤는데 친구만 250명, 그렇게 왔어요.

김벼리 다 같이 상주였어요, 다 같이.

김벼리가 의자 위로 올라선다. 이용탁이 손을 잡아준다.
말을 이어가는 동안 김벼리는 의자를 발판 삼아 이쪽에서 저쪽으로 이동한다.

징검다리를 건너듯.

이용탁은 곁을 지킨다.

둘의 역할이 바뀌어도 무방하다.

김벼리   그래서 오히려 힘든 건 좀 덜었죠. 처음에 선호 매형분이 하셨는데 그다음에 진짜 친한 친구 한 두 명. 그런데 장기화되면서……. 59일 장례 치 렀잖아요. 누가 상주냐, 그런 게 무의미해지고 친구들이 다 같이 했어요. 초반엔 엄청 우울했어 요. 너무 슬프고. 친구들 모이면서 우리끼리라도 즐겁게 있자고 했는데. 그래도 종종 혼자 있어야 될 때가 있잖아요. 진짜 10분 있는 것도 힘들더 라고요.

이용탁   그게 일단은. (김벼리는 의자를 정리하기 시작한다.) 평택 항만이 있고, 그 밑에 동방이라는 회사가 있고, 그 밑에 우리인력이라는 인력 회사가 있어 요. 선호 아버지가 우리인력 거기에 소속돼 있으 니까. 아버지가 반장이셨거든요. 그래서 선호 아 버지를 통해서 항만에서 같이 일하게 된 거죠. 거의 방학 때마다 일했어요. 그걸로 여행도 가고

용돈도 쓰고.

김벼리 　향불 안 꺼트리겠다고, 그거 지킨다고 있었던 거지, 일이 많았던 건 아니에요. 한동안 바빴던 때가 있었는데 기자님들이 갑자기 많이 오셨을 때는 친구들도 바빴죠. 인터뷰한다고. 대통령도 오셨잖아요. 근데 조의록을 안 쓰시더라고요. 왜 안 쓰지? 비공개 방문인가?

이용탁 　이게 좀 아이러니한데. 선호도 그렇고 저도 그렇고 정치에 관심이 많은 건 아니지만 그래도 관심을 가졌었거든요. 선호는 근데 보수여가지고 중대재해처벌법을 좀……. 그 건에 대해서 부정적으로 봤었어요.

그러면 기업을 어떻게 하냐, 이렇게요?

이용탁 　'엄청 그러면 어떻게 회사를 꾸려 나가냐, 그 사람들이 일부러 그런 것도 아니고.' 그런 식으로 얘기를 했는데 막상 당사자가 돼버렸죠.

아이러니하네요.

이용탁   네. 본인이 될 줄은 몰랐던 거죠.

용탁 씨는 어떤 입장이었어요?

이용탁   저도 부정적으로 봤죠. 처벌이 과하다고 생각을
         했었어요. 근데 지금 봐서는 사람이 죽었는데 처
         벌이 약하다라고 생각이 바뀌었죠. 이게 효과가
         있나라는 생각도 들고. 이런다고 기업이 좀 더
         조심할까라는 생각도 들고. 바뀌지 않을 것 같
         아서.

이용탁도 의자를 정리하는 일에 가담한다.
의자들은 서로 겹쳐지고 포개져 하나의 구조물이 돼 간다.
구조물은 그들이 일한 위태로운 '현장'이 된다.

김벼리   이거는 사실 정치인도 다 아는 거잖아요. 몰라서
         해결을 하지 않는 게 아니라 다 알고 있고 얼마
         나 유가족들이 슬퍼하고 이 사건이 얼마나 처참
         한지도 다 아는데. 또 안 바뀌는구나. 그래도 바
         뀌지 않는 게 이 문제구나 싶었고. 기업이 짱인
         거고, 그런 건가…….

장례식장에서 친구들끼리는 어떤 얘기를 하셨어요?

김벼리　처음에는 그냥 선호가 계속 TV에 나오니까 웃기다고. 사건이 보도되는 양상에 대해서는 크게 얘기한 적은 없는데 굳이 뭐 얘기한 게 있다면, 얘네들이, 선호랑 친했던 이 열 명이 다 완전 보수예요. 용탁이한테 들으셨겠지만 완전 보수인데. 그래서 정의당 하면 민주노총 하면 아, 놀라 뒤집어지는 친구들인데 이번 일을 보면서는……. 물론 대놓고 얘기는 하지 않지만.

뭔가 아이러니를 느낀 거군요.

김벼리　네. 묘한 분위기가 있었어요, 매번. 매번 있었고. 특히 정의당 의원들 싫어하거든요. 류호정 의원, 장혜영 의원, 강은미 의원 싫어하는데 이 사람들이 항상 제일 막 열심히 오고 같이 공감해주고 하니까 또 아이러니를……. 아무튼 그 사람들에 대한 인상에서 조금은, 그런 모순되는 감정들을 느꼈던 것 같아요.

김벼리　　내 일이 될 수도 있다는 거죠. 그리고 내 일이 됐
　　　　　을 때 어떤 집단이 이 일에 앞장서주느냐, 이걸
　　　　　봤던 것 같아요.

음악이 깔리며 분위기 바뀐다.
김벼리와 이용탁, 천천히 구조물 앞쪽으로 와서 한쪽 끝에
각각 앉는다.

이용탁　　선호가 살아 있다면 아마 일주일에 두세 번 정
　　　　　도 평택항에 가 있었겠죠. 근데 솔직히 실감은
　　　　　안 나요. 제일 친한 친구가 없어졌는데 실감도
　　　　　안 나고. 퇴교하는 건 선호 죽고 나서 영향이 컸
　　　　　어요. 원래 생각은 갖고 있었는데 실천으로는 옮
　　　　　기지 못하고 있다가……
김벼리　　근데 아마 4월 22일 이전으로 돌아갈 수는 없겠
　　　　　지. 그러니까 우리의 삶 자체가. 그날로 시간을
　　　　　돌린다기보단 그냥 그때의 우리와 지금의 우리
　　　　　는 너무 다르니까. 그날의 나로 돌아갈 수는 없
　　　　　겠다……

146

이용탁   잊히지가 않아요. 제가 선호를 고등학교 1학년,
       그러니까 입학식 날에 이제 반에 다 앉아 있어야
       되는데 한 명이 안 왔대요. 지각을 한 건데 갑자
       기 누가 문을, 뒷문을 벌컥 열더니 여기가 1반 맞
       냐고. 사투리로 '여기가 1반 맞아요?' 이러면서
       헐레벌떡 뛰어 들어오더라고요. 저는, 쟤는 첫날
       부터 지각을 하냐, 그 생각을 했었죠. 선호는 엉
       뚱하고 재밌고 그런 친구였어요. 겁도 많았고요.

의자에 떨어지는 조명만 남겨두고 무대는 어두워진다.
에필로그로 전환.

에필로그

두 배우, 의자로 쌓은 구조물 뒤쪽으로 돌아가 거리를 두고
선다.
이후 이야기는 구조물을 활용하며 상황을 표현한다.

화자1 2021년 4월 22일 이선호 씨는 늘상 하던 일을
마쳤습니다. 컨테이너에 가득 실린 양파며 김치
를 깊은 데서 꺼내 밖으로 옮겨놓는 일이었습니
다. 세관 공무원이 컨테이너 안을 확인할 수 있
게 돕는 일이었습니다.
그런데 그다음은 선호 씨가 원래 하던 일이 아
니었습니다. 접이식 컨테이너를 정리하는 현장
이었습니다. 누군가 컨테이너 바닥에 떨어진 나

못조각을 치우라고 했고 선호 씨는 몸을 숙여 손을 뻗었습니다. 지게차 한 대가 컨테이너의 한쪽 날개를 밀어 쓰러트렸고 그 반동으로 반대쪽 날개가 쓰러졌습니다. 300킬로그램짜리 날개가 선호 씨를 덮쳤습니다.

아버지 재훈 씨는 사무실에서 아들을 기다리고 있었습니다. 퇴근 시간이 다 되도록 사람들이 돌아오질 않자 재훈 씨는 현장으로 나갔습니다. 멀리 컨테이너 바닥에 엎드려 있는 아들 모습이 보였습니다. 재훈 씨는 정신을 잃었습니다.

화자1, 의자로 쌓아 올린 구조물에 가만히 손을 댄다. 무거운 마음을 전하려는 듯.

화자2   김용균 씨가 일했던 현장은 어두웠습니다. 조명 밝기도 어두웠지만 탄가루가 날려 더욱 어두웠습니다. 석탄을 나르는 거대한 컨베이어 시설. 여기서 벨트 밖으로 떨어진 탄을 치우거나 롤러를 점검하는 일. 김용균 씨의 일이었습니다.
벨트의 V자 형태에 맞춰 롤러는 이렇게 기울어진 구조입니다. 그리고 롤러를 떠받치는 구조물엔 안쪽으로 뚫린 구멍이 있습니다. 그걸 점검구라 부르는데 롤러를 확인하려면 점검구 안으로 몸을 넣어야 했습니다. 가뜩이나 어두운 곳이었으니 구조물 안쪽은 더욱 깜깜했을 겁니다. 김용균 씨는 핸드폰 플래시를 켜고 이렇게 안쪽을 살폈을 겁니다.

2018년 12월 10일, 야간 근무조로 출근한 김용균 씨는 홀로 컨베이어를 점검했습니다. 직장 동료가 이상을 감지한 건 밤 11시 경. 김용균 씨가 전화를 받지 않았습니다. 현장 근무자들이 김용균 씨를 찾아 나섰고 새벽 3시 23분. 그들은 시설한곳 점검구 안에서 숨이 끊긴 김용균 씨를 찾았습니다.

화자2, 의자로 쌓아 올린 구조물에 가만히 손을 댄다.
무거운 마음을 전하려는 듯.
정리되면 두 배우, 무내 앞으로 이동해 선다.

화자1   저는 이선호 씨의 아버지와 김용균 씨의 어머니에게 인터뷰를 부탁드려야 할지 고민했습니다. 자식의 죽음을 확인한 순간을 묻고 싶었습니다.

화자2 일그러지고 터지고 찢긴 아이의 몸을 어떻게 기억하는지 듣고 싶었습니다. 고통을 드러내는 날 것 그대로의 언어를 잡아낼 수 있다면 산재니 재해니 하는 불분명한 표현 속에 가려진 이 일을, 일하다 사람의 숨이 끊어지는 수많은 사건을, 내 몸으로 느끼고 감각하는 일로 만들어낼 수 있을 거라 생각했습니다.

화자1 망설이고 머뭇거렸습니다. 윤리적이지 못한 일 아닐까? 그래도 필요한 일 아닐까? (사이) 결국 저는 연락하지 못했습니다. 부모에게 자식의 죽음을 물을 자신이 없었습니다.

전수경의 녹취 음성이 이어진다.

전수경 / 노동건강연대 활동가

음성 2002년, 2003년 이때부터 노동자들의 죽음이 구조적인 문제고 기업에 의한 살인이다, 이렇게 프레이밍을 했는데, 우리가 또 최근에 그때 했던 얘기를 다시 하고 있는 거예요. 신기하지 않냐, 그전에도 계속 죽고 있었는데 그리고 죽음이라는 게 언제나 가장 극한의 상황인데, 그전까지 그걸 당연하게 죽는다고 생각하고 문제 삼지 않았다는 게 너무 신기하지 않냐. 언제나 죽음을 문제 삼으려고 하는 것은 낡아지지 않고 필요한 거 같긴 하거든요. 네, 하여튼 그러네요. 무슨 말을 하려는지 모르겠지만, 저도⋯⋯.

전수경의 음성이 이어지는 동안 자막.

2023년 3월
이달의 기업 살인 사망 노동자 정보[*]
노동건강연대 운영

이어서 계속 자막.

2023. 03. 03. 깔림 1
경기 평택 / 09시 11분경 / 경기 평택시 유천동 소재 수도관
매립 공사현장에서 배수관로를 설치하던 일용직 노동자
A(60대, 우즈베키스탄 국적)씨가 굴착기 앞바퀴에 깔려서 사망.

---

[*] 2023년 아르코예술극장 소극장 공연에서 사용한 정보를 그대로 옮긴다. 노동건강연대는 지금도 '이달의 기업 살인 사망 노동자 정보'를 운영하고 있다.

2023. 03. 03. 사업장 내 교통사고 1

강원 원주 / 09시 46분경 / 강원 원주시 지정면 월송리 소재 골프장 증설 공사현장에서 노동자 A(51)씨가 경사로에 차량을 세워둔 뒤 차량에서 내려 조경 담당자와 작업 협의를 하던 중 경사로를 굴러 내려온 차량에 부딪혀 사망.

2023. 03. 03. 물체에 맞음 1

경남 거제 / 08시 20분경 / 경남 거제시 연초면 한내공단 안벽에 접안 중이던 바지선에서 선원 A(60대)씨가 윈치드럼(줄을 감는 장비)의 철 구조물에 맞아 사망. 해경은 선박 위에서 갑자기 구조물이 떨어지면서 사고가 난 것으로 보고 조사 중.

2023. 03. 04. 떨어짐 1

강원 홍천 / 12시 01분경 / 강원 홍천군 내면 방내리 소재 야산 벌목현장에서 굴삭기 운전자 A(57)씨가 운전하던 굴삭기가 전도되어 10m 아래 비탈길로 떨어져 사망.

2023. 03. 05. 기타 1

전북 군산 / 재해일시: 2023년 3월 2일 16시 19분경 / 전북 군산시 소룡동 소재 세아베스틸 군산 공장에서 노동자 A(39)씨가 연소탑 분진을 제거하다 전신 2도 화상을 입음. A씨는 병원에서 입원 치료를 받던 중 사흘 만인 3월 5일 12시 30분경 사망. 함께 작업했던 B(50대)씨도 빈신에 2도 화상을 입고 치료를 받고 있음.

2023. 03. 05. 알 수 없음 1

전남 여수 / 재해일시: 2023년 3월 5일 11시 25분경 /
전남 여수시 하백도 남동쪽 33km 해상에서 H호 선원
A(62)씨와 기관장 B씨가 바다에 빠진 상태에서 발견된 뒤
구조되었으나, A씨는 13시 45분경 사망.

2023. 03. 06. 떨어짐 1

부산 / 09시경 / 부산시 동래구 소재 아파트 신축
공사현장(KCC건설 시공)에서 환풍기를 설치하던 하청업체
소속 노동자 A(50대)씨가 15층 높이(48m)에서 떨어져 사망.
경찰은 당시 A씨가 밟고 있던 덮개가 뒤집혀 사고가 발생한
것으로 추정하고 있음.

2023. 03. 06. 알 수 없음 1

울산 / 11시 02분경 / 울산 솔개해변 인근 해상에서
물질하던 해녀 A(70대)씨가 사망. A씨가 물 밖으로 나오지
않는다는 신고를 접수하고 출동한 민간구조선이 A씨를
발견한 뒤 병원으로 이송되었으나 결국 사망.

2023. 03. 06. 화재 및 폭발 1

전북 김제 / 20시 33분경 / 전북 김제시 금산면 소재
단독주택에서 발생한 화재현장에서 인명 구조작업을 하던

소방관 성공일(30)씨가 사망. 고 성공일 소방사는 2022년 5월에 소방공무원으로 임용된 것으로 알려짐.

2023. 03. 08. 떨어짐 1

경기 가평 / 08시 30분경 / 경기 가평군 조종면 소재 군부대 내 헬기 정비고에서 노동자 A(50대)씨가 피뢰침을 설치하기 위해 인양 작업을 하던 중, 채광창이 파손되어 11m 높이에서 떨어져 사망.

2023. 03. 08. 기타 1

전북 군산 / 재해일시: 2023년 3월 2일 16시 19분경 / 전북 군산시 소룡동 소재 세아베스틸 군산 공장에서 연소탑 분진을 제거하던 노동자 A(50대)씨와 B(39)씨가 2도 화상을 입고 병원에서 치료를 받던 중 B씨가 3월 5일 사망, A씨는 엿새 만인 3월 8일 12시 10분경 사망.

2023. 03. 08. 과로사 1

서울 / 07시 10분경 / 서울시 종로구 소재 대형 빌딩에서 관리업체 소속 보안 노동자 A(40대)씨가 지하 사무실에 쓰러진 채로 발견됨. A씨의 사인은 급성심근경색이었으며, 연속 당직 근무로 나흘간 약 62시간을 일한 것으로 드러남.

2023. 03. 09. 떨어짐 1

대전 / 11시 20분경 / 대전시 유성구 소재 건물 옥상에서

현수막을 설치하던 노동자 A씨가 달비계(안전시설)에
탑승하던 중 42m 높이에서 떨어져 사망.

2023. 03. 09. 감전 1

충북 진천 / 09시 25분경 / 충북 진천군 진천읍 소재
알루미늄 제조 공장에서 공장장 A(50대)씨가 전신주 위쪽에
있는 까치집을 제거하던 중, 변압기 충전부에 머리가
접촉되어 전신 2~3도 화상을 입고 사망.

2023. 03. 09. 사업장 외 교통사고 1

서울 / 19시 10분경 / 서울시 화곡동에서 오토바이 퀵서비스
기사 A(40대)씨가 버스를 추월하는 과정에서 중심을 잃고
쓰러져 버스에 치여 사망.

2023. 03. 09. 알 수 없음 1

서울 / 서울시 강남구 대치동 소재 아파트 단지에서 일하는
용역업체 소속 미화원 A(70대)씨가 해고 통보를 받은 다음
날 심장마비로 사망.

2023. 03. 10. 끼임 1

경북 포항 / 11시 54분경 / 경북 포항시 소재 제조업
사업장에서 노동자 A씨가 철근 압연롤 조정작업 중 롤
사이에 끼여 사망.

2023. 03. 10. 사업장 외 교통사고 1

경북 구미 / 02시 20분경 / 경북 구미시 옥성면
중부내륙고속도로 양평 방향 선산휴게소 인근에서 25t
트레일러가 25t 화물차를 추돌하는 사고 발생. 이 사고로
트레일러 운전자 A(50대)씨가 병원으로 이송되었으나 사망.

2023. 03. 10. 사업장 내 교통사고 1

전남 해남 / 11시경 / 전남 해남군 산이면 금호호 인근에서
살수차로 물을 뜨던 중 차량이 하천으로 전복돼 운전자
A(70대)씨가 사망.

2023. 03. 11. 떨어짐 1

전남 완도 / 09시 28분경 / 전남 완도군 소재 축사 신축
공사현장에서 지붕 강판을 설치하던 노동자 A씨가 6m
높이에서 떨어져 사망.

2023. 03. 11. 알 수 없음 1

경남 하동 / 22시 4분경 / 경남 하동군 화개면
지리산국립공원 산불현장에서 진화대원 A(64)씨가 야간
작업에 투입되어 산을 오르던 중 심정지로 사망.

2023. 03. 12. 질식 1

서울 / 09시 56분경 / 서울시 성동구 마장동 소재
축산물유통업체 지하 냉동창고에서 도매업체의 의뢰를

받아 페인트 작업을 하던 부부가 쓰러진 채 발견되어
병원으로 이송되었으나, 남편 A(70대)씨가 사망하고 부인
B(70대)씨는 치료를 받는 중.

2023. 03. 13. 깔림 1

경북 구미 / 15시 13분경 / 경북 구미시 소재 상가
철거현장에서 벽체가 무너져 안쪽에서 작업하던 노동자
A씨가 깔려서 사망.

2023. 03. 14. 자살 1

서울 / 07시 35분경 / 서울시 강남구 대치동 소재 아파트
단지에서 일하는 경비원 A(74)씨가 자신이 근무하는 아파트
9층에서 뛰어내려 사망. A씨는 유서에서 직장 내 괴롭힘과
인사 조치에 대한 부당함을 호소함. 동료들은 지난해 12월,
새 소장 B씨 부임 뒤 괴롭힘이 시작되었다고 이야기한
것으로 알려짐. 해당 아파트 단지에서는 2023년 3월 9일,
미화노동자 1명이 해고 통보를 받은 다음 날 심장마비로
사망하는 사건이 발생한 바 있음.

2023. 03. 15. 기타 2

강원 영월 / 07시 50분경 / 강원 영월군 북면 공기리
소재 야산에 민간 헬기가 송전탑 설치 공사 자재를
싣고 이동하던 중 송전 선로에 걸려 추락함. 이 사고로
조종사 A(60대)씨와 공사 관계자 B(50대)씨가 사망. 해당

헬기는 산불진화용으로 계약되었으나 실제로는 송전탑 건설공사에 투입된 것으로 알려짐.

2023. 03. 15. 물체에 맞음 1

경기 평택 / 09시경 / 경기 평택시 고덕국제신도시 아파트 공사현장에서 대보건설 하청업체 소속 노동자 A(63)씨가 13m 길이의 대형 파이프에 맞아 사망.

2023. 03. 15. 사업장 외 교통사고 1

경남 함안 / 14시 50분경 / 경남 함안군 남해고속도로 부산 방향 칠원분기점에서 11t 화물차가 5t 화물차를 추돌하는 사고 발생. 이 사고로 11t 화물차 운전자 A(60대)씨가 사망하고, B씨가 부상을 입고 병원에서 치료를 받는 중.

2023. 03. 15. 끼임 1

경기 이천 / 재해일시: 2023년 3월 11일 09시 20분경 / 경기 이천시 소재 아파트 건설현장에서 신안건설산업 하청업체 소속 노동자 A(52)씨가 천공기에 부품을 장착하다가 몸이 끼이는 사고 발생. A씨는 병원으로 옮겨져 치료를 받다가 나흘 만에 사망.

2023. 03. 15. 깔림 1

충남 당진 / 09시 30분경 / 충남 당진시 철구조물 제조업 사업장에서 노동자 A씨가 넘어지는 구조물에 깔려서 사망.

2023. 03. 15. 물체에 맞음 1

전북 군산 / 10시 40분경 / 전북 군산시 소재 토사
야적장에서 노동자 A씨가 적재함의 토사 하역 작업을 하던
중 적재함에서 떨어진 토사에 맞아서 사망.

2023. 03. 16. 깔림 1

경기 화성 / 09시 19분경 / 경기 화성시 우정읍 소재
고압가스 유통업체에서 노동자 A(50대)씨가 3t 무게의
가스용기에 깔려 사망.

2023. 03. 16. 무너짐 3

충남 천안 / 14시 50분경 / 충남 천안시 서북구 직산읍
소재 반도체 조립 공장 신축 공사현장에서 배수로 작업 중
옹벽이 무너져 60대 노동자 3명이 깔리는 사고 발생. 이후
병원으로 이송되었으나 전원 사망.

2023. 03. 16. 사업장 내 교통사고 1

강원 철원 / 15시 54분경 / 강원 철원군 고석정 꽃밭
인근 463번 지방도에서 전신주 이설 공사를 마무리하고
철수하던 노동자 A(64)씨가 활선고소 작업차량에 치여
사망.

2023. 03. 16. 끼임 1

인천 / 09시 44분경 / 인천시 남동공단 내 금속 열처리

사업장에서 노동자 A(50대)씨가 산업용 세척기를 수리하던 중 기계가 작동되면서 끼임 사고로 사망. 세척기에 제품이 걸려 이를 정리하던 중, 갑자기 기계가 작동하여 사고가 발생한 것으로 알려짐.

2023. 03. 16. 떨어짐 1
경기 안양 / 19시경 / 경기 안양시 동안구 소재 제조업체 사업장에서 노동자 A(60대)씨가 건물 3층에서 떨어져 사망. 당시 A씨는 화물용 승강기로 물건을 옮기던 중 승강기 틈 사이에 빠져 사고가 발생한 것으로 알려짐.

2023. 03. 18. 떨어짐 1
전북 군산 / 09시 36분경 / 전북 군산시 오식도동 소재 해양플랜트 공장에서 노동자 A(61)씨가 타고 있던 고소작업대와 콘크리트 블록이 부딪혀 A씨가 5m 높이에서 떨어져 사망.

2023. 03. 20. 깔림 1
경기 시흥 / 08시 30분경 / 경기 시흥시 소재 제조업 사업장에서 인양하던 512kg 무게의 기계 덮개가 떨어지면서 노동자 A씨가 깔려서 사망.

2023. 03. 21. 끼임 1
경기 이천 / 17시경 / 경기 이천시 설성면 소재 물류센터

신축 공사현장에서 고소작업대 작업 중 노동자 A(50대)씨가
구조물과 고소작업대 안전난간 사이에 머리가 끼여 사망.

2023. 03. 21. 과로사 1

대구 / 대구시 동구 신암동 소재 아파트 공사현장에서 마루
시공 작업자로 일하던 노동자 A씨가 자신이 거주하던
집에서 숨진 채 발견됨. 동료 노동자들에 의하면 A씨는
한 달에 1~2일만 쉬며 하루 약 12시간씩 일한 것으로
알려졌으며, 정의당 대구시당은 A씨의 사인을 과로사로
보고 기자회견을 엶.

2023. 03. 22. 떨어짐 1

전북 전주 / 09시 45분경 / 전북 전주시 완산구 효자동
소재 건물 신축 공사현장(상현종합건설 시공)에서 노동자
A(70대)씨가 6층에서 2층으로 떨어져 사망. A씨는 건물
외벽에 붙은 시멘트를 탈거하는 작업 중이었던 것으로
알려짐.

2023. 03. 22. 떨어짐 1

부산 / 11시 16분경 / 부산시 해운대구 중동 소재 상가
공사현장에서 건물 외벽 작업대가 쓰러져 노동자
A(50대)씨와 B(50대)씨가 3m 높이에서 추락. 두 사람은
병원으로 옮겨졌으나 A씨는 사망했고, B씨는 다리
골절상을 입고 치료 중.

2023. 03. 22. 떨어짐 1

경북 포항 / 08시 58분경 / 경북 포항시 소재 부두에서 어선에 실린 생선을 트럭으로 옮겨 싣는 작업 중 노동자 A씨가 2.5m 높이 트럭에서 떨어져 사망.

2023. 03. 22. 사업장 외 교통사고 1

경북 구미 / 19시 40분경 / 경북 구미시 송정동 소재 어린이보호구역 내 교차로에서 배달 오토바이와 승용차가 충돌하는 사고가 발생하여 배달 노동자 A(60대)씨가 사망. 신호를 위반하고 좌회전하던 승용차가 직진 중인 오토바이를 들이받아 발생한 사고로 보고 조사 중.

2023. 03. 23. 사업장 외 교통사고 1

강원 원주 / 06시 42분경 / 강원 원주시 국도19호선 귀래교차로 인근 도로에서 승용차가 덤프트럭을 들이받는 사고 발생. 충돌 직후 덤프트럭이 중앙분리대를 들이받아 트럭 운전자 A(62)씨가 사망.

2023. 03. 23. 끼임 1

서울 / 11시 30분경 / 서울시 삼성동 소재 오피스텔 지하 6층에서 건물 관리 노동자 A(60대)씨가 차량용 엘리베이터 기계 장치에 몸이 끼여 사망한 채로 발견됨. 경찰은 A씨가 손님이 떨어뜨린 물건을 찾다가 사고가 발생한 것으로 추정하고 있음.

2023. 03. 23. 떨어짐 1

경남 거제 / 23시 25분경 / 경남 거제시 대우조선해양 옥포조선소에서 노동자 A(40대)씨가 고소작업차에서 작업하던 중 23m 아래로 떨어져 사망. 대우조선해양은 119에 신고하는 대신 사내구급대를 통해 병원으로 이송한 것으로 밝혀짐.

2023. 03. 23. 사업장 외 교통사고 1

전북 익산 / 11시 45분경 / 전북 익산시 함열읍 소재 교차로 인근 도로에서 5t 트럭 전복으로 운전자 A(50대)씨가 사망.

2023. 03. 24. 물체에 맞음 1

인천 / 10시 23분경 / 인천시 서구 소재 플라스틱 원료 제조공장에서 크레인으로 인양하던 2t 무게의 압출기가 떨어지는 사고 발생. 이 사고로 일용직 화물차 운전기사 A(70대)씨가 떨어지는 압출기에 맞아 사망. 당시 A씨는 현장에서 철제물 하차 작업을 지켜보고 있었던 것으로 알려짐.

2023. 03. 25. 떨어짐 1

전북 군산 / 13시 05분경 / 전북 군산시 소재 아파트 공사현장(경일건설 시공)에서 노동자 A(68)씨가 철근 배근 점검 작업을 위해 이동하다가 2m 아래로 떨어져 사망.

2023. 03. 26. 떨어짐 1

경기 구리 / 12시 54분경 / 경기 구리시 별내역
지웰에스레이트 1차 신축 공사현장(신영건설 시공)에서
하청업체 소속 노동자 A(53)씨가 1층 엘리베이터실
개구부에서 7m 아래 바닥으로 떨어져 사망. 당시 A씨는
엘리베이터실에 가설치된 철근을 잘라서 빼내는 작업
중이었던 것으로 알려짐.

2023. 03. 26. 자살 1

충남 계룡 / 06시 34분경 / 충남 계룡시 신도안면
군인아파트에서 부사관 A(40대)씨가 숨진 채 발견됨.
유서에는 6년 전 계룡대 육군본부 참모총장 비서실에서
근무할 당시 동료가 A씨를 성폭행한 사실이 언급되어
있었으며, 가해자는 별다른 징계나 처벌 없이 계속
계룡대에서 근무한 것으로 알려짐.

2023. 03. 27. 깔림 1

경기 광주 / 09시 20분경 / 경기 광주시 소재 제조업
사업장에서 천장크레인으로 인양하던 구조물이 떨어지는
사고 발생. 이 사고로 노동자 A씨가 구조물에 깔려 사망.

2023. 03. 27. 떨어짐 1

경남 창원 / 09시 35분경 / 경남 창원시 마산합포구 소재
오피스텔 신축 공사현장에서 외벽에 박힌 못을 제거하던

노동자 A(60대)씨가 6층(18m)에서 떨어져 사망.

2023. 03. 27. 떨어짐 1
경기 포천 / 10시 47분경 / 경기 포천시 소재 제조업
사업장에서 용접 작업을 하던 중, 구조물이 떨어져
사다리와 부딪히는 사고 발생. 이 사고로 노동자 A씨가 3m
높이 사다리에서 떨어져 사망.

2023. 03. 27. 떨어짐 1
서울 / 13시 18분경 / 서울시 성동구 성수동 소재 복합상가
건물 공사현장 지하 1층에서 배관 설치 작업을 하던 노동자
A(50대)씨가 지하 5층으로 떨어져 사망.

2023. 03. 27. 깔림 1
경기 이천 / 13시 39분경 / 경기 이천시 호법면 소재
동원로엑스 이천물류센터에서 지게차 운전자 A(30)씨가
팔레트에 올려진 물품을 상하차 하던 중, 지게차가 옆으로
넘어져 A씨가 깔려서 사망.

2023. 03. 27. 깔림 1
경북 울진 / 17시 39분경 / 경북 울진군 온정면 소재 도로
공사현장에서 도로포장 작업을 하던 삼진씨앤씨 하청업체
소속 노동자 A(72)씨가 후진하던 타이어 롤러기(아스팔트
포장 작업용 차량)에 깔려서 사망.

2023. 03. 29. 사업장 외 교통사고 1

경남 창원 / 05시 36분경 / 경남 창원시 의창구
남해고속도로 순천 방면 마산톨게이트 200m 지점에서
2.5t 냉동탑차가 앞서가던 25t 트레일러를 추돌하는 사고
발생. 이 사고로 냉동탑차 운전자 A씨가 사망.

2023. 03. 29. 기타 1

제주 / 06시 06분경 / 제주시 차귀도 남서쪽 114km
해상에서 조업 중이던 어선에서 투망 작업을 하던 선원
A(50대)씨가 바다에 추락하여 병원으로 이송되었으나 사망.

2023. 03. 29. 떨어짐 1

제주 / 11시 38분경 / 제주시 애월읍 곽지리 소재 창고 신축
공사현장에서 페인트 작업을 하던 노동자 A(64)씨가 3m
높이에서 떨어져 사망.

2023. 03. 30. 끼임 1

경기 남양주 / 17시 20분경 / 경기 남양주시 소재 건설
폐기물 처리 사업장에서 노동자 A(49)씨가 파쇄기에 돌이
끼여 전원을 끄고 점검하던 중, 재가동된 파쇄기 회전날에
끼여 사망.

2023. 03. 30. 사업장 외 교통사고 1

충북 음성 / 05시 10분경 / 충북 음성군 삼성면

중부고속도로 통영 방향 음성휴게소 인근을 주행하던
트레일러에서 10t 무게의 기계가 떨어지는 사고 발생.
뒤따르던 2.5t 화물차가 기계를 피하지 못하고 충돌하여
운전자 A(60대)씨가 사망.

2023. 03. 30. 사업장 외 교통사고 1
경기 평택 / 05시 15분경 / 경기 평택시 서해안고속도로
목포 방향 서평택 나들목 부근에서 교통사고 후속 조치를
하던 화물차 운전자 A(65)씨가 차량에 치여 사망. A씨가
몰던 8.3t 화물차와 SUV 차량이 경미한 추돌사고를 일으킨
뒤, A씨가 다른 차량들을 향해 수신호를 하다가 주행하던
차량에 치인 것으로 알려짐.

2023. 03. 31. 깔림 1
충남 서산 / 08시 57분경 / 충남 서산시 팔봉면 양길리 소재
공사현장에서 화물자동차에서 미니굴착기를 운전하여
내리던 중, 미니굴착기가 넘어져 운전자 A(55)씨가 깔려서
사망.

2023. 03. 31. 물체에 맞음 1
충남 당진 / 02시 10분경 / 충남 당진시 환영철강
당진공장에서 가공 작업을 하던 노동자 A(53)씨가 압연
설비에서 이탈한 철근에 다리를 맞아 병원으로 옮겨졌으나
사망.

2023. 03. 31. 부딪힘 1

제주 / 11시경 / 제주시 한림읍 소재 우수관로 공사현장에서
노동자 A(40대)씨가 포크레인에 부딪혀 병원으로
이송되었으나 사망.

산재 사망 노동자의 정보 자막이 길게 이어지는 동안 무대
는 고요하다.
앞의 자막이 천천히 사라지고 나면, 마지막 자막이 그 위
에 겹쳐진다.

2,223 / 130,348

2022년도 산업재해 사망자 수와 재해자 수 정보다.
연도 표기 없이 숫자만 나타난다.
자막 사라진다.

암전.

전수경

노동건강연대 활동가, 공동대표. 노동건강연대가 창립된 2001년부터 활동해오
면서 중대재해처벌법의 초기 명칭인 '기업살인법' 제정 운동을 함께 시작했다.
노회찬재단과 《한겨레21》이 공동 기획한 '내 곁에 산재'를 연재했다. 노동하는
사람들이 존경받을 때 세상이 좀 더 나아진다고 믿는다.

노동자들이 크게 말하고
더 많이 말해야 한다

전수경

〈산재일기〉에 등장하는 한 인물은 인터뷰하기로 약속된 시간보다 세 시간을 늦었다. 그는 회사에서 잘린 뒤 채소 배달 일을 하고 있었는데 그날따라 식당 사장이 먼 곳으로 배달을 다녀오라고 했다. 나와 이철 작가(이날의 인터뷰를 바탕으로 〈산재일기〉를 집필하게 된)가 기다릴 것을 알면서도 그는 트럭을 몰고 토요일의 고속도로로 나갔다.

뒤늦게 만난 자리에서 미안하다는 말도 하다 말고 그가 카스 맥주를 들이켤 때 나는, 내가 노동자가 아니라는 것을 알았다. 그가 한여름 푹푹 찌는 1톤 트럭 운전석에 앉아 꿈쩍도 않는 앞차를 노려보며 차를 모는 고단한 노동을 하다 와서가 아니라, 그것 말고는 아무것도 선택할 수 없었기 때문에 그는 노동자였다.

파김치가 되어 있는 그를 보면서 서글펐다. 화가 났다. 멀리 배달을 보낸 그의 사장에게가 아니었다. 자신의 안녕만을 위해서였다면 하지 않아도 됐을 싸움, 자기보다 낮은 처지에 있는 노동자들을 위해 뛰어든 싸움에서조차 밀려난 희망 없는 현실에, 입장이 다르다거나 방향이 틀렸다거나 하는 공허한 지적에 그가 입었을 마음의 상처들에 화가 났다. 그가 활동했던 노동조합 사무실은 누추했지만 초라하지 않았고 집회가 열리면 열두어 명밖에 모이지 않았지만 당당했다. 그는 자신의 일을 좋아하고 그 일터를 바꾸고 싶어 했던 용기 있는 사람이었다. 회사나 동료들과 갈등이 이는 걸 원하지 않았지만 그렇다고 피해 가지도 않았다. 굽히지 않았고 부정의한 일이면 바로잡고자 했으며, 거침없되 여렸던 그는 내가 책으로 배우면서 그려본 노동자 계급의 이상형 같은 사람이었다.

"토요일은 원래 일찍 끝나는데. 가라는데 어떡해. 가야지."라고 말할 때 그는 트럭 운전을 하는 노동자 그 자체였다. 이타적인 사람이 그 이타성만으로 행복해지는 사회는 가능할까?

〈산재일기〉의 인터뷰이 중 한 명인 박혜영 활동가와 나는 하청 노동자, 일용직 노동자가 사망하면 원청 회사를 찾아

가서 뉴스에도 나오지 않을 데모를 하곤 했다. 각기 다른 문구가 적힌 피켓을 하나씩 만들어 원청 대기업의 거대한 정문 앞까지 가서는 둘이 번갈아 들고 서로 사진을 찍어주었다. 보아주는 사람이 없어도 우리는 지치지 않았다.

10여 년이 지나갔다. 이제 뉴스는 많아졌다. 뉴스가 많아지는 건 다행스런 일이다. 뉴스거리가 되도록 만드는 건 활동가의 일이니까, 박혜영과 내가 했던 일은 퍽 성공적이었던 것 같다. 그런데 요즘은 도무지 마음이 급해지지 않는다. 애써 쌓아놓은 작은 돌들이 한 번에 걷어차이는 것만 같다. 노동자에게 일어난 일들은 속속 도착하고, 덮어두고 지나갈 수 없는 일들이 쌓여간다. 생각해보니 마음이 급해지지 않는 것이 아니라 힘이 안 나는 것이었다. 기운을 차리고 보면 노동자들은 그 자리에 있었다.

'중대재해처벌법'은 너무 일찍 제정된 것인지도 모르겠다. 죽음에 이른 노동자를 지워간 구조는 덮이고, 노동자가 스러진 그 자리에서 법률 회사가 증인을 찾는다. 죽은 노동자들은 가정 형편이 좋지 않았다. 최고경영자와 노동자의 사망이 연결되어 있는 고리를 지워내는 능력이 로펌의 수익을 좌우할 것이다. 우리는 더 오래 기업에 대해 이야기했어야 했다. 그 어떤 재료보다 사람에게 싼값을 매기도록 만들어진 이 체제 자체가 돈으로도 덮이지 않고 법

175

기술技術로도 지워지지 않는 '노동자의 죽음'을 안고 굴러가고 있다는 것을, 우리는 이야기했어야만 했다. 이 죽음의 체제를 '기업 살인'이라 부르고자 했던 것이다. 이것은 '중대재해처벌법'을 뛰어넘는 이야기다.

일하는 사람의 고통을 연료로 삼아 폭주하는 것이 기업이기만 할까. 법은 우리가 살아가며 겪는 문제의 일부는 반영하여 담고 있지만 현실이 저만치 내달려갈 때면 제자리에 서 있거나 뒷걸음친다. 법제도나 규제라는 것도 자기 완결적 본능이 있어서 거기 종사하는 사람들을 도구로 쓴다. 제도의 도구가 된 사람들은 노동자들을 어떻게 대하는가. 노동하는 사람을 사물화해서 분해하고 서비스 비용을 책정한다.

　정치인들은 노동자들에게 기업에 종속된 삶을 권하기를 주저하지 않는다. 우리의 삶에 다른 가능성을 제시할 수 없다면 정치가 왜 있어야 하나. 가장 취약한 곳에서부터 착취적인 노동이 뿌리내리고 있다. 생명과 신체만이 아니라, 정신과 마음도 수탈한다. 정부와 언론은 일하는 사람들을 링 위로 끌어 올려 린치를 가한다. 망치질하던 손으로 눈물을 훔치는 노동자가 몸통이 들린 채로 끌려 나가는 모습을 보았다. 일하는 사람이 항복하도록, 무릎 꿇도록 만들었다.

일하는 사람을 이렇게 대해도 되는가. 억울하고, 안타깝고, 연민이 이는 것들에 대하여 생각하다가도 잘못 돌아가고 있는 어딘가, 그 현장, 그곳의 노동자들이 부르면 갔다. 가서 그들 옆에 섰다. 그러나 목청 높여 말하지는 못했다. 노동자를 '교육'하고 '조직'해야 한다는 생각은 틀렸다. 노동자들이 크게 말하고 더 많이 말해야 한다. 노동자들에게 배우는 것만이 가능하다.

현실은 여러 겹, 여러 층으로 이루어져 있기에 그 복잡성을 꿰뚫는 메시지를 찾아내야 사회 운동이 된다. 예술도 어느 정도는 그러한가 보다. 〈산재일기〉 배우들의 움직임은 단순하고 선이 굵은 데 비해 하나로 정의하기 어려운 삶과 노동의 결, 결단할 수 없음, 애매함 같은 것들을 두루 담고 있다. 시간과 공간이 극도로 생략된 무대 안에서 우리의 노동 현실이, 그 노동을 착취하는 세계가 들끓는다.

무대 위에 그려진 노동자들은 자신의 노동과 생산물로부터 소외된 인간이기도 했지만, 그 체제를 통찰하는 인간이기도 했다. 통찰할 수 있었기에 바꾸고 싶어 했고 바꾸지 못해 좌절도 했다. 한 사람이 자꾸만 떠올랐다. 누구보다 자신의 존재를 아프게 자각하고 행동했지만 꿈을 이루지 못

했던 사람, 남현섭. 살아 있을 때는 술도 밥도 데모도 같이 했지만 그가 죽고 나서는 그를 위해 아무것도 한 게 없다.

그는 이십 대 초반 무렵 공장에서 프레스기에 오른손이 눌렸다. 손가락 넷을 잃은 손이 주먹이 되었다. 그는 산재보상 상담 일을 배웠다. 활동가가 되었다. 15년 동안 서울 구로에 있는 산재노동자협의회와 인천산재노동자협의회에서 산재 상담을 했다. 손가락이 잘리고, 발목이 잘린 이들이 입원해 있는 병동을 찾아다니며 상담을 해주던 그는 자신의 이름보다 '상담부장'으로 더 많이 불렸다. 가정을 꾸리고 싶다는 꿈도 이루었다. 그러자 가족의 생계를 책임져야 하는 무게가 버거워지기 시작했다. 활동만으로 생계를 유지할 수 없던 그는 다시 공장에 들어갔다. 2016년 3월 29일, 그는 경기도 시흥의 스티로폼 파쇄 공장에서 기계에 상반신이 압착되어 사망했다.

산재노동자 자활공동체 아저씨들과 함께 〈산재일기〉 공연을 보고 싶었다. (산업재해 노동자협의회에는 손가락, 손목이 기계에 절단된 노동자들이 많았다. 일할 곳이 마땅치 않아 함께 일자리를 만들고 싶어 했고 '산업재해 노동자협의회'는 '산재노동자 자활공동체'가 되었다. 그러나 산재노동자 자활공동체는 돈을 잘 벌지 못했다. 사람들은 흩어졌고 강송구, 박용식 아저씨만이 남았다.) 작은 극장에 같이 앉아 연극을 보고 나면 저마다 생각에 잠길 것이었다. 이런저런 추억들도 떠오를 것이었다. 공연 일정이 잡히기도 전부터 그날 나누게 될 이야기들을 상상하며 설레는 나날을 보냈다.

2023년 5월, 강송구, 박용식 아저씨와 대학로에서 〈산재일기〉를 보기로 한 날이 왔다. 박용식 아저씨는 연극 속 자신의 이야기를 열한 살 아들에게 보여주고 대학로 구경도 시켜주고 싶었다. 12세 이상부터 볼 수 있는 공연이라 박용식 아저씨의 바람은 날아갔지만 봄날의 대학로 나들이는 그것 자체로 기분 좋은 약속이었다. 공연은 토요일 4시였고 우리는 혜화역에서 3시 30분에 만나기로 했다.

5분 늦은 내가 잘못했다. 30분 정각에 내가 나타나지 않자 아저씨들은 마로니에 공원을 서성였다. 마로니에 공원 어디쯤에서 만날 줄 알았는데 수십 미터 반경 안에 있을 아저씨들과 아무리 통화를 해도 서로를 찾지 못했다. 아저씨들은 혜화에 12시부터 와서 막걸리를 마시고 취해 있었던 것이다. 나는 공연 후 이철 작가와 함께 관객과의 대화를 진행하기로 약속이 되어 있어서 마음이 급했다.

몇 주 전부터 가슴 설레게 했던 우리의 〈산재일기〉 관람은 결국 무산되었다. 나 혼자 공연을 보고 관객과의 대화를 진행하고 극장을 나왔다. 마음이 여린 강송구 아저씨는 섭섭한 마음에 집으로 가버린 뒤였고, 박용식 아저씨는 극장 밖에서 공연이 끝나기를 기다리고 있었다. 공연 전부터의 소동에 행사까지 진행하고 나니 다리가 후들거렸다. 혼자서 혜화역 계단을 내려갔을 강송구 아저씨가 마음에 걸렸다. 우리는 맥주를 마시러 가기로 했다.

공연을 보러 온 다른 노동자가 있었다. 그는 조선소에서 떨어지는 사고로 다리를 절단했고 의족을 하고 있었다. 〈산재일기〉를 보면서 마음이 힘들지 않았을까, 신경이 쓰여 맥줏집에 같이 가자고 청했다. 나와 의족을 한 노동자는 열심히 치킨을 뜯었다. 안주를 잘 먹지 않는 박용식 아저씨는 소주를 시켰다. 그날 박용식 아저씨가 우리 둘을 향해 무언가 삶의 지혜가 되는 이야기를 한 것 같은데 토요일 밤 맥줏집의 소란에 아저씨의 목소리는 금세 묻혔다.

의족을 한 노동자가 남은 치킨을 싸서 택시를 불렀다. 안주 없이 소주를 마신 박용식 아저씨도 몸을 가누지 못했다. 택시를 잡아 박용식 아저씨를 태워 보내고 지하철에 올랐을 때는 밤 11시가 넘어 있었다. 취객이 드문드문 앉아 있었다. 밤의 지하철에 앉아 나는 생각했다.

아저씨들에게 〈산재일기〉는 어쩌면 핑계였을 것이다. 구로동 산재노동자 자활공동체 사무실 옆 '달순이네' 식당에서 먹는 막걸리도 좋지만, 봄날의 대학로에서 먹는 술은 생각만 해도 행복했을 것이다.

연극을 함께 보고 나면 아저씨들이 하고 싶어 했던 것들에 대해서 이야기하고 싶었다. 1980년대를 지나 1990년대, 2000년대까지도 다쳐서 갈 곳 없는 노동자들이 찾아오던 구로동의 반지하 사무실에서 아저씨들은 같이 밥을 해 먹고, 전국노동자대회가 있으면 함께 나갔다. 이제는 집회가 있어도 아저씨들은 나가지 않는다. 막걸리를 같이 먹던 사람들은 도시 곳곳으로 일거리를 찾아 흩어졌다.

나는 노동자대회에서 아저씨들이 한 팔을 들어 올려 노래를 따라할 때의 모자란 손가락, 짧아진 팔뚝을 떠올린다. 박용식, 강송구는 노동 그 자체로 이미 세상에 기여했는데 자신들의 이야기로 세상을 조금 더 좋게 만들었다.

#5

정리(1)

김소연

연극평론가. 《문화정책리뷰》 편집장. 좋은 공연을 함께 보기 위해 글을 쓰고 잡지를 만든다. 이 글은 《한국연극》(2022년 8월호)에 게재된 리뷰 〈버바팀 연극, 대화하는 극장〉을 바탕으로 새롭게 고쳐 쓴 것이다.

겹겹의 말, 겹겹의 만남

김소연

〈산재일기〉는 '버바텀' 연극이다. 버바텀은 '말 그대로', '글자 그대로'를 뜻하는 영어 단어이면서 인터뷰, 재판이나 청문회 속기록 등 사건 당사자들의 '증언'을 편집하여 구성하는 연극의 한 형식을 뜻하기도 한다. 버바텀 연극이 증언을 발췌, 편집한다는 점에서 사회적 이슈를 다루는 상상력을 배제한 건조한 연극이라고 짐작할 수도 있겠지만 전혀 그렇지 않다. 〈산재일기〉는 버바텀 연극이 '사건'으로서 전해지는 현실의 다양한 계기들을 드러내는 엄격하고도 치열한 연극이라는 것을 보여준다.

극장에 들어서면 무대 후면을 꽉 채우고 있는 이름들이 보인다. 이 연극이 만들어지는 과정에서 만났던 인터뷰이들의 이름이다. 산업재해를 당한 노동자, 연대 단체 활동

185

가, 노동조합 간부와 그의 가족, 재판에 참여했던 변호사, 산업재해 노동자를 치료했던 의사, 사고를 당한 노동자의 친구들이다. 연극은 앞으로 무대 위에 등장할 인물들을 먼저 보여주고 시작된다고도 할 수 있다. 하지만 이들은 아직 인물이 아니다. 이 이름들을 인물로 불러오는 것은 무대 위의 배우다. 배우들은 '화자'로서 산업재해에 대한 여러 자료를 소개하기도 하고, 17명의 인터뷰이 그리고 국회 청문회장의 인물들이 되어 그들의 말을 전한다.

연극은 '2,080/122,713'이라는 숫자를 소개하면서 시작된다. 이 숫자는 2021년 산업재해 사망자 수와 재해자 수다. 굳이 셈을 하여 확인하지 않더라도 작업장에서의 재해로 많은 이들이 죽고 다치는 일이 매일매일 반복적으로 일어나고 있다는 것은 한눈에 알 수 있다.

산업재해의 참혹함은 목숨까지 앗아가는 사고가 일상처럼 벌어진다는 데 있다. 그러나 우리가 산업재해를 인지하게 되는 것은 이처럼 반복되는 일상의 참혹함이 아니다. 가깝게는 구의역 김군 사망 사건, 태안화력발전소에서 있었던 김용균 사망 사건, 그리고 SPC 노동자 사망 사건 등이다. 모두 젊은 청년들이었고 참혹한 죽음이었다.

여론의 관심이 집중되면서 그 청년들이 일하던 일터의 열악한 환경이 고스란히 드러났다. 그러한 작업 환경이 그동안 경영 합리화의 성과라고 포장되어왔던 인력 감축에서 비롯되었다는 것, 복잡한 고용 체계를 통해 위험을 외주화하고 작업장의 안전은 아무도 책임지지 않는 구조적 문제에서 비롯되었다는 것 또한 드러났다. 공기업이든 민간기업이든 다르지 않았다. 게다가 이들의 사망 사건이 일어난 곳은 우리가 매일 오가는 지하철 승강장, 한순간도 접속되지 않으면 생활이 불가능한 전기를 생산하는 발전소, 거리 어디에서나 마주칠 수 있는 향긋한 빵을 만드는 제빵 공장이었다. 모두가 우리의 일상과 너무나 친숙한 공간이고 일상의 필요를 생산하는 곳이었다.

사실 산업재해 현장은 사회적 관심이 집중되지 않는 한 알기 쉽지 않다. 기업의 상품은 노동을 통해 생산되고 그 산물은 유통 체계를 통해 우리 생활로 흘러들지만 그것이 만들어지는 현장은 늘 가려져 있다. 노동은 가려진 채 상품만이 흘러 다니는 세계다. 젊은이들이, 노동자들이 죽고 난 이후에야 우리의 생활을 지탱해주는 지하철과 전기와 빵이 죽음을 옆에 두고서 갈아 넣어지는 노동에 의해 유지되고 생산된 것임을 알게 된다. 모든 산업재해 현장이 우리의 삶과 떼려야 뗄 수 없음을 알게 되는 것이다. 산업재해의 참혹함은 어떤 사건의 성격 때문이 아니라 그것이 우리의 일상에 넓게 산개해 반복되고 있음에도 우리가 알지 못한다는 데 있다.

〈산재일기〉는 이 은폐된 세계를 드러내기 위해 구체적인 순간들에 집중한다. 피해 당사자의 사고 상황에 대한 진술, 노동조합 활동을 하면서 겪었던 사고 이후 사측의 대응 등 사건 현장에 대한 생생한 증언도 있지만 친구의 죽음으로 처음 산업재해 문제를 접했던 청년들의 이야기도 있다. 그런가 하면 노동조합 활동을 하는 아버지를 지켜보아왔던 아이들의 이야기도 있고, 엄마가 현장에서 얻은 질병으로 아이 역시 피해자가 된 이야기도 있다.

이러한 다양한 인터뷰이의 말들은 〈산재일기〉라는 제목 그리고 '버바팀 연극'이라는 형식에서 미루어 짐작하게 되는 것, 그러니까 이 연극이 사건의 은폐된 진실을 밝힌다거나 사건에 얽혀 있는 사회적 구조를 파헤친다거나 현장의 부조리함을 고발하는 데서 멈추지 않는다. 연극은 다양한 인물들을 펼쳐 세움으로써 사건의 참혹함에만 집중되어 있던 우리의 시선을 돌려 '우리 삶과 우리의 노동이 어떻게 재해와 연결되어 있는가'라는 질문으로 향하게 한다.

예를 들어 이 연극에는 평택항 항만에서 컨테이너의 벽

면이 갑작스레 쓰러지면서 사망한 고 이선호 군의 친구들이 등장한다. 연극이 무대에서 재현하는 친구들의 말은 사건의 경위나 유족 측의 입장 혹은 친구를 잃은 슬픔 등이 아니다. 사망 사건의 경우 피해 당사자의 목소리는 비어 있고, 사건의 참혹함은 유가족을 통해 전해진다. 물론 친구들도 가족만큼 큰 상실의 아픔을 겪는 이들이다. 그러나 이 연극이 전하는 친구들의 말은 친구의 죽음에 대한 애도에서 멈추지 않고 그들 자신의 삶에 대한 각성으로 이어진다.

"그래서 다들 그런 얘기를 해요. 평택은 항만도 있지만 공장도 많아요. 그래서 아르바이트를 한다고 하면 공장에서 알바하는 걸 쉽게 떠올리거든요, 저희는. 저도 했었고. 근데 이제야 뭔가 보이는 거예요. 저희가 알바했던 곳들이 얼마나 위험한 현장들이었는지."(김벼리, 141쪽) "지나가면 다 아는 사람이고. 그걸 뭐라고 하죠? 조문객 와서 이름 쓰는 거. 그걸 봤는데 친구만 250명, 그렇게 왔어요."(이용탁, 141쪽) 이러한 '말'들은 친구의 죽음이 가져다준 충격과 슬픔만이 아니라 고 이선호 군의 죽음이 어떻게 자신들의 삶과 연관되어 있는가를 발견하게 되는 국면을 드러낸다.

그런가 하면 산업재해에 얽혀 있는 여러 이해관계의 갈등이 사측과 노동자로 갈리는 것만도 아니라는 것을 짚어낸다. 예방 활동을 하는 안전관리부서의 원청 노동자들과

정해진 시간에 일을 마쳐야 하는 하청 노동자들 사이의 갈등도 있다. 하청, 재하청으로 이어지면서 임금은 떨어지고 하청 노동자들은 결국 최대한 작업 속도를 높여야 생계가 가능한 임금에 도달할 수 있는 것이다. 그 때문에 노동조합에서 교섭을 할 때 언제나 건강권은 버리는 패가 된다. 연극의 이러한 시선은 사건의 충격이 불러일으키는 공분으로 직진하지 않고 매일매일 반복되는 재해의 일상성에 천착한다.

물론 이 연극에는 산업재해에 대한 다양한 정보도 제시된다. 배우들이 화자가 되어 사건을 설명하기도 하고 관련된 자료를 보여주기도 한다. 손익찬 변호사는 '정보'의 측면에서 보자면 한 편의 강연이라고 할 수 있을 정도로 산업재해를 둘러싼 법제도의 현실을 다양한 자료를 제시하면서 세세하게 설명해준다.

무대 후면의 스크린에는 정보를 확장하는 자료뿐만 아니라 인터뷰어인 작가 자신의 '말'도 등장한다. 인터뷰 과정에서 건넸던 질문만이 아니다. 취재를 하고 있는 작가 자신의 무지에 대한 부끄러움, 손익찬 변호사의 말을 들으며 떠올랐던 질문들, 그와의 인터뷰에서 정리해두었던 메모 등이다. 산업재해와 관련한 법제도를 관객에게 자세하게 설명해주는 것만이 아니라 복잡하게 얽혀 있는 거대한 현실과 마주하고 있는 작가 자신을 함께 등장시키는 것이다.

인터뷰이의 '말'이 배우에 의해 무대 위에서 재현된다면, 작가의 말은 무대 뒤 스크린에 자막으로 등장한다. 그러니까 작가의 말과 관객 사이에 인물들이 서 있는, 혹은 우리모두가 인물을 둘러싸고 있는 셈이다. 마치 작가의 말이 건너편의 관객을 비추고 있는 거울 같다고 할까. 이러한 작가의 존재는 관객 역시 작가가 선 자리에서 문제를 바라볼 수있도록 하는 한편 관객들 역시 묻고 답하는 이 대화에 참여하고 있다는 것을 환기한다.

손익찬 변호사의 장면은 "그런데 지금 이게 가능한가요? 연극에 들어가는 게?"(85쪽)라는 질문으로 시작한다. 작가는 손익찬의 이 '말'을 지우지 않고 연극에 넣었다. 즉 이연극은 '말 그대로'라는 뜻의 버바텀 형식을 인터뷰이의 말에 한정하지 않고 묻고 답하는 인터뷰의 형식 자체까지 무대에 들여놓는 것으로 확장한다.

연극의 '말'들은 배우 두 명에 의해 재현된다. 양정유, 정혜지 두 배우는 17명의 인터뷰이 그리고 국회 청문회장의 국회의원과 기업가들까지, 실존하는 인물들이 직접 내뱉은 말을 무대 위에 재현한다.

연극의 첫 장은 1993년 사고 당시 27세 청년이었던, 그러나 이제는 중년이 된 박용식 씨의 이야기다. 중년 노동자의 말을 전하는 배우는 세대나 직군에서 짐작하게 되는 표정, 말투, 손짓 등을 드러내 보여주지 않는다. 혹은 말하고 있는 이의 어떤 특징을 강조하지도 않는다. 대신 공장장과 마찰을 빚으며 시작되는 이야기에서 그가 자신을 뛰어난 기술자라고 여기는 자부심, 사고를 당한 뒤에 응급처치를 하는 상황의 긴박감과 노련함, 기계에 끼어 있는 절단된 손을 바라보는 무심함 등을 전한다.

연극의 '말'은 재현된 '말'이다. 실존 인물이 직접 내뱉은 말이라는 것, 토씨 하나 틀리지 않게 그대로 옮겨온다는 것만으로 '말'의 진실성이 담보되는 것은 아니다. 재현된 '말'은 해석된 '말'이다. 박용식 씨의 말은 사고 당시의 상황을 전하는 것이지만, 사고의 참혹함에서 멈추지 않고 이후의 삶을 살아낸 이의 말이다. 배우들은 인물의 외적 특징을 묘사하며 그 사람인 양 가장하는 것이 아니라 그 너머에 담겨 있는 '이후의 삶'을 우리에게 전한다. 그들이 전하고자 하는 바에 귀 기울이게 하는 것이다. '버바텀' 연극이 연극인 이유다.

〈산재일기〉는 전태일재단 울림터(2022), 아르코예술극

장 소극장(2023)에서 두 차례 공연되었다. 전태일재단 울림
터는 마치 강연장처럼 공간적 깊이감이 없는 무대가 특징
이다. 그 때문에 초연은 무대 후면에 투사되는 작가의 말이
관객에게 더 당겨지면서 대화의 밀도를 높였다. 울림터와
달리 높이와 깊이를 가진 아르코예술극장 소극장에서의 재
연은 퍼포먼스의 공간감을 확장하면서 대화를 입체화했다.

무대에서 만났던 〈산재일기〉가 책으로 다시 만들어졌다.
객석에서 배우들이 전해주었던 말을 독자로서 다시 읽는
다. 물론 이 책은 인물들의 '말'을 문자로 옮겨놓지만은 않
았다. 이 책이 담고 있는 '말'은 공연의 대본이 아니다. 그러
니까 아직 배우들의 몸을 입지 않은 말이 아니라 배우들의
몸을 통해 재현된 말이다. 이것은 꼼꼼히 기록한 무대 지
문에 대한 것이 아니다. 작가를 앞에 두고 전했던 인터뷰
이의 말이면서 그 말들을 골라 구성한 작가의 말이자 배우
를 통해 재현된 말, 그리고 관객과 함께 대화한 말이다. 이
번엔 그 대화를 오롯이 마주히고 읽어본다. 책에는 다 담
기지 않았지만 말들에는 수많은 쉼표와 사이, 머뭇거림과
내지름이 있다. 책을 깊이 읽다 보면 독자들에게도 말들의

여러 겹이 전해질 것이다.

　책의 첫머리에는 연극 〈산재일기〉를 쓰고 연출한 이철의 글이 있다. 그는 이 연극이 만들어진 과정에 대해 자세히 적고 있는데, 그것은 자신의 창작 과정을 남기기 위한 기록이라기보다는 이 연극을 만든 과정에서 있었던 '만남'에 대한 이야기다. 〈산재일기〉가 여러 인물들의 말을 담고 있는 것처럼 말이다. 그 만남은 공연을 올리고 난 후 이름도 얼굴도 알지 못하는 관객이 자신의 SNS에 남긴 공연 후기로까지 이어진다. 인터뷰이들을 만나고, 배우들과 무수히 많은 질문과 답을 쌓고 지우고, 공연을 올리고 관객 앞에 서는 그 모든 과정이 다 만남인 것이다. 그의 글을 읽으며 너무 쉬운 답이 깊게 다가온다.

박용식(67년생)
구로동신재자활공동체

강송구(64년생)
구로동신재자활공동체

전수경(71년생)
노동건강연대 활동가

하창인(72년생)
전 현대중공업 사내하청지회 울산지부장

박혜영(82년생)
전 노동건강연대 활동가

이준석(72년생)
한국발전기술 태안지회 지회장

이정현(77년생)
일하는학교 사무국장

손익찬(87년생)
민주사회를위한 변호사 모임 노동자건강권팀장

황정회(83년생)
유다인의 엄마
2002년 삼성전자 반도체 생산직 2문 입사

유다인(2013년생)
초등학생

하영광(96년생)
하창인의 첫째 아들

하영준(98년생)
하창인의 둘째 아들

임상혁(65년생)
녹색병원 원장

문근면(68년생)
문근면의 형

김은혜(51년생)
원진직업병관리재단 이사

김벼리(98년생)
각 종 시민단체 인턴 근무

이용탁(99년생)
3사관학교 퇴교 후 공군 부사관 임관시험 준비

이철 희곡《산재일기》독자 북펀드에 참여해주신 모든 분께
깊이 감사드럽니다.

강다인	김희지	박윤하
강민지	김희지	박재명
강예슬	까치밥	박정주
고혜원	남상백	박찬규
권순대	노명	박희진
권효	노학동	방용석
김경수	니니언니	배성은
김광범	달사람맨션	변진한
김규원	동막골의봄	사랑하는 기술사께
김리향	류재훈	서지민
김소희	림보책방	서호성
김양미	문밖사람들	손경화
김용석	문선형	손보미
김인수	민혜경	신남희
김정근	박경주	신지민
김정희원	박대우	신하영
김지훈	박민지	신환수
김진해	박세정	써써
김형필	박영정	양소영

양지혜	이하나	최문경
연혜원	이현주	최선경
예선	이후경	최성환
오대해	임수현	최윤경
오소영	임재연	최재완
오승연	장건태	최주연
용실	장태준	한유선
유나림하	정고은	한은주
유명환	정광채	한정윤
윤성혜	정민기	현일구
윤지양	정은	황다경
이가윤	정진화	황은희
이강	정현철	Cosmos
이동근	정혜란	외 무기명 24분
이동재	조정선	
이복규	주용성	
이상윤	책방이음	
이성아	초록연필 김여진	
이연순	최규진	

산재일기

2024년 5월 27일 초판 1쇄 발행

지은이   이 철

펴낸곳   도서출판 아를
등록   제406-2019-000044호 (2019년 5월 2일)
주소   10881 경기도 파주시 문발로 139, 407호
전화   031-942-1832
팩스   0303-3445-1832
이메일   press.arles@gmail.com

© 이 철 2024
ISBN 979-11-03955-02-4 03810

• 책값은 뒤표지에 표시되어 있습니다.
• 잘못된 책은 구입하신 서점에서 교환해드립니다.

아를ARLES은 빈센트 반 고흐가 사랑한 남프랑스의 도시입니다.
아를 출판사의 책은 사유하는 일상의 기쁨, 아름다움을 발견하는 즐거움을 드립니다.
◦ 페이스북 @pressarles ◦ 인스타그램 @pressarles ◦ 트위터 @press_arles